Different world survival to
go with the master
ご主人様とゆく異世界サバイバル！
5
Text
リュート
Illustration
ヤッペン
GC NOVELS

ベラ
トズメ

シュメル

5
リュート
Illustration
ヤッペン
ご主人様とゆく
異世界
サバイバル！
Different world
survival to
go with the master

CONTENTS

Different world survival to go with the master

プロローグ～荒野の遺跡でサバイバル～

やぁ、異世界サバイバーのコースケです。

メルティと二人旅をして魔物が跋扈《ばっこ》する危険な山地を踏破したり、グランドドラゴンのグランデと仲良くなったり、シルフィと一緒に黒き森に帰ってのんびりしたり、黒き森の奥地に住んでいたグランデの家族が悪ノリしてグランデが人型化――のじゃロリ竜娘が爆誕したりと色々ありましたが、今日も僕は元気です。

いや色々起こりすぎじゃない？　トラブルとハプニング続きじゃない？　まぁ退屈しない日常を送れているということでなんとか納得しておこう。実際、全て良い方向に事は運んでいるように思えるからな。

とはいえ、いつまでも遊んでいるわけにはいかない。俺達には取り戻すべき物が多く、それらを現在手中にしている聖王国は俺達解放軍よりも遥かに強大な勢力だ。その強大な聖王国を打ち倒す一手を考えていかなければならない。

冷静かつロジカルに、効率を考え抜いた一手を。

◆◆◆

「というわけでお願いしますメルティ先生、アイラ先生」

「何が『というわけ』なのかわかりませんけど、わかりました」

「任せて」

　俺がそんな手を簡単に考えられるとは正直思っていないよ。ああそうさ！　俺に任せたら最終的には『面倒だから全部吹き飛ばそうぜ！』みたいなことになるからな！

　ぶっちゃけ交渉の末に向こうがうだうだ言うなら、吹き飛ばしても人的被害が少ないところを爆発ブロックなり魔煌石《まこうせき》を用いた魔煌爆弾なりで盛大に吹き飛ばして『我々の要求を飲まなければ次は聖都を吹き飛ばす』みたいな質《たち》の悪いテロリストのような一手くらいしか思いつかないからな。

　俺は俺自身のことを正確に分析できる人間だ。なので、より良い考えをメルティやアイラにアウトソーシングするわけだ。実に効率的だろう？

「それで、結局のところ何の話なのだ？」

　食事を終えるなりいきなり変なことを言い始めた俺に、シルフィが首を傾げる。今、この場に居るのは俺とシルフィ、メルティにアイラ、そしてグランデだけだ。ハーピィさん達は今日は皆で公衆浴場に行って、解放軍の宿舎で寝まーすと言って出ていった。ちなみにグランデは部屋の片隅に設けられたクッション空間に埋もれて寝ている。

「昼にダナンやレオナール卿、ザミル女史と話したんだけどな。今って聖王国と膠着《こうちゃく》状態に陥っているだろう？　時間をかけている間にハーピィの爆撃戦術に対応される可能性は高くなるし、地力の強い向こうが本腰を入れて増援を出してきたら厳しいことになる。だから、現状を打開するために俺にできることはないかって考えていたんだ」

「なるほど。それでどうしたら良いか相談したいというわけですね」

「うん、そういうことだ。三人は現状の膠着状態についてどう考えているんだ？」

「私はあまり好ましい状況だとは思っていませんね。コースケさんの仰ったように、そもそもの地力は向こうが上です。時間をかければかけるだけこちらが不利になります。兵力も整ってきたことですし、速やかに捲土重来《けんどちょうらい》を果たすべきではないかと考えています」

　メルティが真っ先に口を開いて強硬論を展開する。

「時間をかければかけるだけ不利になるという意見には異を唱える。今、コースケの提供する新しい素材や高級素材の低コスト化によって解放軍の技術力は飛躍的に向上しているし、装備の高品質化にも目処《めど》が付いている。兵数が少ないのは確かだけれど、兵の質、装備の質、そして戦術の幅の広さという意味ではこちらは聖王国を圧倒的に凌駕《りょうが》している。兵数が物を言う平野での会戦ではこちらに勝ち目は薄いけど、決して会戦を行わずに防御戦や待ち伏せを仕掛け続けて敵を削りに削れば私達は聖王国を殺し切ることができる。コースケの存在が前提になるけど」

　メルティの速度を重視する強硬論にアイラが反論をする。いや反論……反論か？　積極的に攻めなくても防御戦闘で十分に敵を粉砕できるから、急ぐことはないって言ってるだけだよな。聖王国に対する殺意的なものは全く変わんねーじゃねーか。

「シルフィ、二人とも血の気多くない？」

「メルティはアレだからな……アイラも基本的に敵には容赦しないタイプだし」

「なるほど」

アレというのは魔神種だからということだろう。一見おっとり系の優しいお姉さんに見えるメルティだが、その実態はドラゴンも震え上がる戦闘能力の権化みたいな存在だからね。

アイラはちっこくて可愛いけど、魔道士としての実力はかなり高いみたいだからなぁ。錬金術も修めているし、かつては宮廷魔道士でもあったという。こう見えて魔法のプロフェッショナルでエリートなんだよなぁ。

「できれば真っすぐ行ってぶっ飛ばす、殴ってきたらぶっ飛ばすみたいな方向じゃなくて、こう、政治的なアプローチで平和的に、かつスマートに事を運ぶ方向で考えてはくれないだろうか」

「無理ですよ」

「無理」

俺の懇願に二人は同時に首を振った。

「聖女の所属する懐古派が勢力の拡大に成功しようがしまいが、全てのメリナード王国領を取り戻すためには絶対に戦いが起こる。いくら私達がメリナード王国に駐屯していた聖王国軍を撃退して勢力を拡大したと言っても、聖王国からすれば私達はまだまだ弱小勢力。交渉で領土を返還、割譲《かつじょう》するなんてことはしない。懐古派が勢力を拡大すれば戦う相手が多少減るかもしれない。それだけ」

「……私が言おうと思ったことを全て言われてしまいました」

メルティが悔しげに表情を歪め、アイラがドヤ顔で鼻息を荒くする。とりあえず微妙に涙目のメルティの頭を撫《な》でておく。

「私も」

「はいはい」

アイラも頭を撫でられに来たので撫でておく。こうなるとシルフィも撫でておかねばなるまい。

「……なんだ」

「かもん！」

「……はぁ」

溜息《ためいき》を吐《つ》きながらも素直に俺のところまで来て頭を撫でさせてくれるシルフィは本当に良い子だと思う。なでなでなでなで。

「それでええと、そうだ。戦いは避けられないという話だよな」

「うん」

「そうですね」

「そうだな」

「ぶっちゃけて言うと、俺はエレンとも早く大手を振って会えるようになりたいです」

俺は素直に心中を吐露することにした。こういうことは素直に言うのが一番いい。その結果多少痛い目に遭っても、隠し事をするよりは健全だろう。

「ぶっちゃけた」

「私達にそれを言うとか変なところで勇気ありますね」

「……」

シルフィが俺の脇腹を抓《つね》ってくる。痛い痛いいすげー痛い。

「あとライム達にも会いたいです」

「コースケさん、趣味が悪くありません？　あの三人、私よりも凶悪ですよ？」

「そんなに？」

「国民を盾に降伏を迫られていなかったら、あの三人だけで王城を守りきっていたと思う」

「流石《さすが》はあの三人だな」

　色々と酷《ひど》い目にも遭った気がするが、あの三人にはとても助けられた。また会いたいし、あの最高の寝心地のベッドで寝たい。一度アレを味わってしまうと、どんなベッドの寝心地も物足りなく感じる。欲望に素直過ぎる？　それをひた隠しにして異常に肥大化させるよりはオープンにしておいて、行き過ぎたら皆に『めっ』ってしてもらう方が良いと思うんだよな。

「それで、話を戻すと俺のそんな願望を早期に実現するために俺にできることはないかな、という相談をしたかったんだよ」

「そんな気も起きなくなるくらいに搾《しぼ》り取るというのはどうかしら？」

「コースケはおねーちゃんにもっとたくさん甘えればいい」

「こーすけはわたしのだ。わたしのだもん」

　俺の右側に陣取っているメルティがしなだれかかってきて俺の顎をそっと撫で、左側に陣取っているアイラが俺の頬をそっと撫でてくる。シルフィは真正面に跪《ひざまず》いて足の間に身体《からだ》を入れて涙目で俺を見上げてきていた。

「ＯＫ、落ち着け三人とも。こんなことを三人に相談するとかどうなんだ、と俺自身も思っている。

でも俺が頼れるのはやっぱりシルフィとアイラとメルティの三人なんだ。お叱りはいくらでも受けるからなんとか協力してほしい」

順に三人の顔を見つめてそう言うと、彼女達は互いに顔を見合わせてから頷《うなず》いた。

「お叱りはいくらでも受けるって言いましたね？」

「言った」

「たしかにきいた」

メルティがニコォ……と、とても良い笑みを浮かべ、アイラが真顔で頷き、涙を溜めていた目をコシコシと擦《こす》りながらシルフィも頷く。墓穴を掘っただろうか？　いや、俺のために皆に我慢を強《し》いるんだ。これくらいのリスクはなんてことない。

「ではコースケさんがなんでもするという件に関しては後でじっくりと解決するとして、ここはコースケさんの殊勝《しゅしょう》な態度に免じて知恵を貸すとしましょう」

「え、お叱りを受けるとは言ったけど、なんでもするとは……」

「何か言いましたか？　いくらでもお叱りを受けるということは、つまりそういうことですよね？まさかシルフィを泣かしたのに、やっぱさっきのナシとか言うんですか？」

「アッハイ」

シルフィのことまで引き合いに出して微笑《ほほえ》むメルティにＮＯと言うことなどできるだろうか？　できるわけがない。

「とは言っても、現状コースケさん個人にできることは多くはありませんけれどね。正直言って、聖女がいかに上手く動けるかという話に全てがかかっていますから。彼女の行動を支援する方法は二つです。一つは、懐古派の主張を強力に後押しするためにアドル教の古い経典を見つけ出すこと。もう一つは神の使徒としてのコースケさんの存在を大々的に知らしめ、懐古派を支持すると公言することですね」

「なるほど」

「コースケの存在を世に大きく知らしめるのはリスクが高い。もしやるなら、最後のダメ押し。今すぐにやるのは危険が大きすぎる」

「そういうものか」

「そういうもの。場合によっては聖王国やアドル教から暗殺者が送られてくるかもしれない。メリネスブルグを解放して、コースケが王城に滞在できるようになってからにしたほうがいい」

「ライム達に守ってもらうってことか？」

「そう。あの三人がいれば暗殺なんて絶対に成功しないから」

アイラが頷く。メルティとアイラのライム達に対する信頼感が凄いな。俺もあの三人の戦闘能力には疑問を差し挟《はさ》む余地もないんだけども。

「じゃあ、まずはオミット大荒野で経典探しか」

「ん、そうするといい。探索には私も付き合う」

「えー？　それはズルくないですか？」

「ズルいぞ」

「メルティもシルフィ姉も解放軍の運営に必須。私は研究開発部所属だから自由が利く。それにコースケの傍にいるのが研究開発を進めるのに最も都合が良い。そして探知魔法でコースケの発掘作業もサポートできる」

完璧な理論武装であった。確かに、アイラが居なくてもアーリヒブルグの研究開発部は回るし、皆の健康を守り、怪我を治す錬金術師としてもアイラが必須というわけではない。アイラ以外にも錬金術師も薬師《くすし》もいるのだから。

「ハーピィを何人かと、護衛にザミルかレオナール、冒険者を数名、それとグランデがいればいい」

「むむむ」

「こーすけぇ……」

メルティが唸り、シルフィが涙目になる。

「シルフィ姉はコースケと一週間旅行した。次は私とハーピィ達の番」

「ううっ……そうだな」

ざくりと急所を突かれて涙目のシルフィが撃退される。

「メルティはコースケを単独で救出に行った時に十分二人きりの時間を過ごしたはず」

「うぐっ……仕方ありませんね」

メルティもまたアイラに撃退され、アイラは勝ち誇るかのように両握り拳《こぶし》を天に掲げた。勝利のポーズかな？

「そういうわけで、準備を進めて近日中に探索行に出発する」

「わかった」

「でもその前にコースケになんでもしてもらう」

ガシッ、とアイラが俺の腕を掴んだ。

「えっと……」

「観念する。いっぱい甘やかしてあげる」

そう言って普段無表情でいることの多いアイラが妖艶《ようえん》に微笑む。ああ、これは今日もダメみたいですね。

俺は少しでも体力を温存できるように身体の力を抜いた。激流に身を任せて同化するのだ……その前にどうかなりそうだけどな。ＨＡＨＡＨＡＨＡＨＡ！

Different world
survival to
go with the master

第一話
オミット大荒野へ

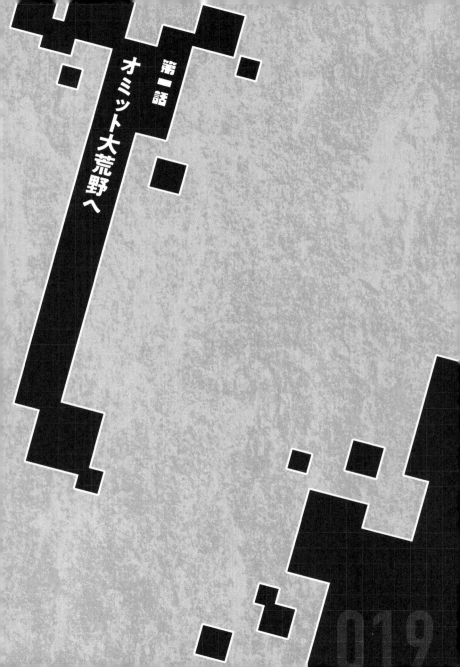

翌日、俺は貝になっていた。精神的に。

「ほら、コースケ。あーん」

「……」

シルフィが差し出してきたウィンナーの刺さったフォークを無言で見つめる。そしてシルフィの顔を見る。

「ほら、シルフィお・ね・え・ち・ゃ・ん、の言うことが聞けないのか？　うん？」

「……あーん」

笑顔のシルフィに屈服して口を開けると、シルフィは嬉しそうな笑みを浮かべながら俺の口にウィンナーを突っ込んできた。口の中に突っ込まれたウィンナーを咀嚼する。ははは、しょっぱいなぁ。

「次はこっちですよ、コースケさん」

「……」

メルティがにこにこしながら手で小さくちぎったパンを俺の口元に近づけてくる。もはや抵抗は無意味だと悟った俺は大人しく口を開き、パンを口の中に受け容れた。ははは、ふかふかで美味しいパンだなぁ。

「ありがとう、メルティおねえちゃん」

「ふふふ……」

俺が礼を言うと、物凄く上機嫌な様子でメルティが微笑む。その様子を見てニヤニヤしている単眼娘が一名。

「アイラ……」

「アイラお姉ちゃん」

「アイラお姉ちゃん……」

「なに？」

「どうにかなりませんか」

「ならない。満足するまでは」

「ぐぬぬ」

昨晩は目一杯甘やかされた。それはもう、これ以上無いくらいに三人がかりで甘やかされた。肉体的な疲労は大したことはなかった。精神的にもまぁ、甘やかされて酒で酔っ払わされて正体を無くしている状態だったからなんてことはなかった。

問題は朝起きてからだ。押し寄せてくる昨晩の記憶！　とても言葉には出せない醜態の数々！　俺の心は時間差で凄まじいダメージを受けた。もうだめだ、おしまいだぁ……三人は物凄く機嫌が良いけどな！

グランデはどうしたって？　グランデは今もクッションに埋もれて寝てるよ……さすがドラゴン、寝始めるとなかなか起きないな！　グランデに昨晩の醜態を目撃されなかったのが唯一の救いかもしれない。

そして、そうこうしている間にハーピイさん達が現れた。

「おはようございまーす！」

「おはよー！」

「おはようさんです」

「おはよう」

そして一気に場が姦《かしま》しくなり、姉弟プレイを続行する雰囲気が消し飛んだ。やった！　流石はハーピィさん達だぜ！　ここぞという時に俺を助けてくれる！　そこに痺《しび》れる憧れるゥ！

「おはよう！　朝食は食べたか？　まだならなんでも好きなものを出すぞ！」

「じゃあほっとけーき！　生クリームとイチゴジャムがたっぷり載ったやつ！」

明るく、物怖じしない性格のペッサーがキラキラした瞳でリクエストをしてくる。よーしよし、ホットケーキだな。いくらでも出してやるぞ。

平らな皿の上にホットケーキを出して、ハーピィさん達が食べやすいようにナイフでササッと一口サイズにカットしてやる。こうすれば手先が器用じゃないハーピィさん達でもフォークだけで食べられるからな。

ハーピィさん達がワイワイピヨピヨと楽しそうにフォークを使ってホットケーキを食べ始める。

「のじゃのじゃ」

いつの間にか起きたグランデもその中に交ざっていた。いつの間に起きたんだお前。というかホットケーキに対する嗅覚すげぇな。

朝食を終えたら少しばかり食休みの時間だ。この世界の人々はあまり時間に追われた生活をしない。農作業をする人とか、商売をしている人はまた別なんだろうけどな。シルフィとかメルティも普段は結構早くから仕事のために動き出すことが多いんだが、今日はゆっくりしているな。

「コースケがオミット大荒野に遠征することになった。オミット王国の遺跡を探索して古い書物を探すのが目的」

アイラの言葉にピヨピヨキャッキャしながら文字通りホットケーキを突《つつ》いていたハーピィ達がシンと静まり返る。

「のじゃのじゃ」

グランデはブレねぇな。グランドドラゴンは動じない。

「随伴は探知魔法を使える私と、空から偵察することができるハーピィから数名、それにグランデと護衛にザミル、あと遺跡探索になりそうだから腕の良い冒険者を連れて行く」

ハーピィさん達に衝撃が走り、彼女達の羽毛がブワッと膨らむ。互いに視線を交わし、まるでその様は牽制でもしあっているかのようだ。

「コースケの直掩《ちょくえん》に一人、偵察に二名から三名くらいが妥当だと思うけど、どう？」

「そうですねぇ……荒野の探索行ということは、夜間はコースケさんが高床式の臨時宿泊所を作るんですよね？」

「そうなると思う」

「となると、夜間の警戒はさほど必要ありませんが、最低でも一人は夜目の利く子が行ったほうが良いですね」

ちらりとハーピィ達のまとめ役であるピルナが夜目の利く二人――獣耳のような羽が頭に生えてい

る小柄な茶色羽ハーピィのフラメと、特に獣耳のような羽は頭に無いがフラメと同じく茶色い羽を持つ茶色羽ハーピィのカプリの二人に視線を向ける。

「わ、私かカプリさんですよねぇ」

「うちかフラメのどっちかやねぇ」

二人が顔を見合わせて同時に頷く。

「じゃ、じゃあ私達二人ともついていくということでどうでしょうか?」

「夜目が利くのは勿論《もちろん》のこと、昼間でもうちらは目が良いですえ?」

「それはダメ。状況次第でこっちでも夜間偵察が必要になるかもしれないから、一人はこっちに残ってもらう」

アイラが胸の前でバッテンを作りながらきっぱりと首を振る。

「通常は三名一組で運用するんですけど、コースケさんに万が一の事があってはいけませんから全部で四名ということにしましょう。そのうち一人は夜目の利く二人のうちの一人だから、あと三人ですね」

一体どうやって随伴員を決めるのだろうか?

「イーグレットが良いんじゃないかな? 旦那さんと一緒に長時間行動したこと、あんまり無いよね?」

「わ、私ですの?」

ペッサーに推薦されたイーグレットが目を見開いてたじろぐ。彼女は白い羽を持つハーピィさんで、どこか高貴な雰囲気の漂う美人さんだ。ハーピィさん達の中では比較的体格が大きい大鳥種の女性である。どこか白鳥っぽいイメージがある子だな。

「良いと思う。同じ理由でエイジャも」

「……？」

漆黒羽ハーピィのレイが茶褐色ハーピィのエイジャを推し、推されたエイジャが「私？」とでも言いたげな様子で首を傾げる。彼女もイーグレットと同様に大鳥種のハーピィさんで、とても寡黙《かもく》な女の子だ。声を聞いた記憶が殆《ほとん》ど無い。キリッとした目つきの美人さんである。

「もう一人はだれが良いかな？」

「うーん、オリオやアイギス、ディクルが居れば推したんだけどね。任務で離れてるからなぁ」

「じゃあ残り一人は勝負で決めましょうか」

「望むところ」

イーグレットとエイジャ、そして話し合っているフラメとカプリ以外のハーピィさん達がぞろぞろと領主館の外へと出ていく。何をするんだろう？　と興味が湧いた俺もその後に続くことにした。

「形式はどうする？」

「バトルロイヤル」

「それが公平ですね」

「負けませんよ」

残っている枠は一枠、その一枠を争うハーピィは青羽ハーピィのピルナ、碧羽ハーピィのフロンテとピンク羽ハーピィのブロン、橙色ハーピィのフィッチ、漆黒ハーピィのレイ、赤羽ハーピィのショウ、茶色羽ハーピィのペッサー、緑羽ハーピィのトーチの七名だ。全員が小鳥種で、皆同じような体格である。

「では……各員飛翔開始！」

ピルナの掛け声とともに強い風が吹き、一瞬で七人のハーピィが上空に舞い上がった。暫《しばら》くの間領主館の上空を旋回し、ほぼ等間隔で上空で円陣を組む。そして不意に上空の円陣が崩れ、ハーピィさん達が複雑な軌道を描いて互いの後ろを追い始めた。まるで戦闘機の空中戦のような動きだ。

「アレはどうやって勝敗をつけるんだ？」

「背後を取って物理か魔法で一撃入れたら勝ちですわ」

「なるほど」

「ふぅむ……まぁまぁじゃな」

グランデが空中戦をしているハーピィさん達を見ながら上から目線だ。確かにグランデのほうが真っ直ぐは速いと思うけど、あんなに繊細な飛び方できないだろう、君は。

しばらくすると、脱落したと思われるハーピィ達が降りてくる。そして最後に残ったのは。

「やりました」

シュタッ、と上空から舞い降りたピルナがドヤ顔でポーズを決める。まぁ、皆のまとめ役だし順当といえば順当なのだろうか？

「隊長には勝てなかったよ……」

「強い」

「もう少しだったのに……」

敗北したハーピィさん達が地面に膝を突いて項垂《うなだ》れる。そんな彼女達をフォローしたのはアイラだった。

「今日すぐ出るわけじゃない。準備が要るから。その間は残る人達が多めにコースケと触れあえばいい」

「そうですね。それが良いと思います。良いですよね？　コースケさん」

「それは構わないけど、お手柔らかにな」

敗北したハーピィさん達の表情が明るくなる。アイラってこういう細かいところに結構気がつくよな。利害調整が得意というかなんというか。

「私も準備期間中は控えめにする。コースケはその分ここに残る人達に優しくしてあげて欲しい」

「わ、わかった。できる限りの範囲で善処する」

「ん、そうして」

アイラが俺の顔を見上げて微笑む。うーむ、溢《あふ》れ出る母性と余裕。身体は小さいけど、実はアイラがこの中で一番大人なのかもしれない。

「準備はどう進めたら良いかな？」

「物資と冒険者の手配は私がします」

メルティが手を挙げて発言する。うん、そういうところはメルティに任せるのが一番だな。

「物資はコースケが運ぶのがやはり良いだろうな。だが、それだけではコースケとはぐれた時に危険だ。

各員ある程度の水や食料などは持っていたほうが良いだろう」

「ハーピィ用のゴーレム通信機を用意しておく」

「それは便利ですね」

「グランデに運んでもらうゴンドラを作るか。二人用じゃなくもっと多人数で乗れるようなのを」

「そうじゃな。あの『ごんどら』だと二人しか運べぬし」

「ええと、乗るのは俺とアイラとザミル女史と冒険者数名？　八人乗りなら余裕あるかな」

「妾《わらわ》の方はまだまだ力の方には余裕があったから大丈夫じゃぞ」

「なるほど」

風の抵抗が強い、箱型の馬車みたいなやつだと飛びづらいって言ってたんだよな……空力特性を考えて流線型のゴンドラでも作ってみるか？　弾丸型とかが良さそうな気がするな。色々作ってみるとするか。

◆
◆
◆

目的地はオミット大荒野。目的は教えが改竄《かいざん》される前のアドル教の教典。同行者は俺とアイラとザミル女史と冒険者数名、それとグランドドラゴンのグランデに、ハーピィのピルナ、イーグレット、エイジャ、そしてカプリ。

グランデとピルナ達は空を飛べるから良いとして、当然ながら俺やアイラ、ザミル女史、それに冒険者達は空を飛べない。なので、俺達を運ぶためのゴンドラを作る必要がある。

「珍妙な形になったの」

「空気抵抗を考えるとどうしてもな」

俺とグランデの目の前にあるもの。それはなんというか、一言で言えば太いミサイルのような形をした代物だった。全体的に流線型のボディで、ところどころに外を見るための丸いガラス窓がついている。一応、安定翼も四枚つけておいた。効果の程はわからないが。

いや、正直に白状しよう。こいつはまるでおもちゃの宇宙船とかロケットみたいだ。もっとも、材料は木材をメインにしてできるだけ軽量化しているんだけど。

後部に扉がついていて、そこから中に乗り込めるようにしてある。中の座席は全部で八席。乗り物酔い防止のために座席自体に板バネのサスペンションを組み込んであるが、どこまで効果があるかはわからない。グランデにはできるだけ揺らさないように頑張ってもらうしか無いな。

「これを抱えて飛ぶのか……」

「無理か？」

「いや、とにかくやってみるのじゃ」

「わかった。人数分の重りを入れるぞ」

一個あたり50キロの重りを八人分、合計400キロ分の重りをシートベルトで座席に固定する。重さに関してはできるだけ削ったが、空中分解なんぞをした日には全員お陀仏《だぶつ》だ。耐久性も考えるとスカスカにすることもできなかったので、ゴンドラ自体も結構重い。

「むっ、なかなかの重量じゃな。だが……」

グランデが守りの腕輪を外し、スカートのポケットに収納する。今日のグランデはホルターネックシャツにミニスカートという出で立ちだ。先日、俺とダナンとレオナール卿が領主館で話し合っている時に、アーリヒブルグの仕立て屋で作ってもらったものであるらしい。

あの日、朝起きたら誰も居なかったのは、俺がお土産に持ってきた反物《たんもの》で早速服の注文に行っていたからだったようだ。特に、グランデは彼女に合った服が無くてビキニアーマーなんぞを着ていたものだから、既成品を手直ししてすぐにこのシャツとスカートを作ってもらったのだとか。

グランデは手足にごっつい爪がついているから袖のある衣服を着られないし、翼があるから背中の開いた服でないと着られない。パンツ類も穿《は》けないので、自然とスカートしか穿けないというわけだ。下着も紐パンしか穿けないし、紐を結べないので自分で穿くこともできない。今日も誰かに穿かせてもらってきたのだろう。

「むんっ」

グランデがロケット型ゴンドラの取っ手を掴み、翼を大きく広げてふわりと浮かび上がる。

「うむ、大丈夫そうじゃな。ちょっとこのまま飛んでくるぞ」

「ああ、気をつけてな」

グランデが重りを載せたロケット型ゴンドラを抱えたまま飛んでいく。見ている限り、ふらつく様子もなく飛べているようだ。ちなみに今日のグランデのおぱんつは白でした。スカートが短いからよく見えるな。見えたからってどうってことはないが。色気が皆無だし。

「ゴンドラはこれで良いとして……」

後は物資と冒険者か。長期滞在になりそうなら向こうで畑を作っても良いな。作物の種や苗も用意してもらうとするか。暫く上空を旋回したり、ちょっと遠くまで飛んだりして戻ってくるグランデを眺めてから、着陸してきたグランデと共に解放軍の物資倉庫へと向かうことにした。

「どうだ？　長距離飛べそうか？」

「あまり長時間だと腕が疲れそうじゃの」

「休み休みで行こう。そこまでグランデに無理はさせたくないし、何より手が滑って落ちたとかなったら俺も含めて全員お陀仏だから」

いざという時のために落下速度を抑えるパラシュートは備えてあるけどな。内部からも外部からも展開させられるやつ。これも後で実際にテストもしないといけないな。いざ使った時に『パラシュートが開かないだって!?　なんてことだ、もう助からないゾ☆』とかなったら困る。

町の外に作られているグランデの寝床から街門を通ってアーリヒブルグの中へと入り、物資備蓄倉庫へと移動する。そこには丁度メルティがいた。

「メルティ」

頭に巻角を生やしたメルティが俺の声に振り向き、柔らかい笑みを浮かべる。ああして見ると優しい羊系お姉さんに見えるだろ？　でもあの角、羊じゃなくてあくまのつのなんだぜ。

「コースケさんですか。テストの方は完了したんですか？」

「とりあえず飛行テストはな。落下テストはまだだ。あんまり連続でやるとグランデも疲れるだろうし、ちょっと休憩がてら発注をな」

「発注ですか？」

「もしかしたら向こうで長期滞在になるかもしれないから、作物の種とか苗も用意しておいてほしいんだよ。それだけで補給の心配がなくなるし」

「ああ、なるほど。わかりました、用意しておきますね」

メルティが懐《ふところ》からメモを取り出してボールペンでカリカリとやり始める。勿論、あのボールペンは俺がクラフトで作ったものだ。ある日、羽ペンが使いにくくてたまらないと愚痴を漏らしていたメルティにプレゼントしたものである。

それはもう熱烈に喜ばれ、ついでに千本発注された。それ以来、定期的に数百本単位で作らされていたりする。この世界で普及している一部の紙では書きにくかったりすることもあるが、概《おおむ》ね便利な品として受け容れられている。問題は俺以外に作れそうにないという点だろうか。

正確に言えば、作ろうと思えば作れるが、量産性やコストパフォーマンスを考えるととてもではないが作るのは無理、ということらしい。ちなみに材料は鉄と木、それとスライム系の素材である。スライム系の素材がどうもプラスチックの代わりやインクの材料になるらしい。すげぇなスライム。

「そういえば、冒険者の手配ってどうなってるんだ？」

「ああ、そちらの手配は済みましたよ。物資の用意に合わせて、三日後からという形でクエストを出してます」

「冒険者のう。どのような者なのじゃ？」

「信頼できる人達ですよ。私もコースケさんもアイラも知っている人達です」

「……それってもしかしてシュメル達か？」

「そうですけど……？」

「Ｏｈ……ゴンドラ作り直さないと」

シュメルは赤鬼族、パーティメンバーがもう二人いて、その二人も赤鬼族とサイクロプス族だ。全員女性だが、鬼族なので身長も高いし肉付きも良い。決して太ってはいないというか一部ムキムキなくらいだが、単純に質量が大きいんだよな。

「グランデも、もっと重くても大丈夫か？」

「む？　重量には余裕があると思うが何故じゃ？」

「同伴者が鬼族三人らしい」

「ふむ……？」

「身長が俺の一・五倍くらいあって、筋肉質な女性が三人ってことだ」

「それは重そうじゃの」

「うん。もしかしたらゴンドラも大きくしなきゃならないかもしれない」

「これはいっそ妾がなんとか竜化したほうが良いのではないか？」

「三日でできるか？」

「気合を入れれば……？」

こてん、とグランデが小首を傾《かし》げる。うん可愛い。でもそうじゃない。

「俺はゴンドラを作り直すから、グランデは竜化を頑張ってくれ」

「うむ」

「あの……すみません、コースケさん。ちょっと考えが足りませんでした」

メルティが申し訳無さそうな顔で謝ってきたが、俺はその謝罪に首を振って答えた。

「いや、力量と信頼性を考えれば他の選択肢はほぼ無いと思うから、仕方ないと思う。むしろ、先に聞いておかなかった上に予測もできなかった俺が甘かった。ゴンドラ自体は無駄にはならないから大丈夫だ。改造だけでなんとかなるかもしれないし」

普通の背丈の人を最大八人運べる、ゴンドラとしては申し分ない性能に仕上がっているはずだし、問題はない。今回作った八人乗りのゴンドラを、鬼族三名、人族三名の六名乗りに改造すれば良いだけだしなんとかなる。きっとなる。ちょっと窮屈《きゅうくつ》になるかもしれないけど！

第二話
鬼娘達と観覧飛行

コースケがゴンドラの改造に取り掛かる前日――。

「来たよォ」

「お邪魔するっす」

「失礼するわ」

「うむ」

シルフィの執務室を三人の大柄な女性――シュメルとその仲間達が訪れていた。彼女達が拠点としている冒険者の宿のマスター経由で三人に仕事を頼みたいという連絡が入ったからだ。

「お久しぶりィ。なんか仕事だってェ？」

「はい。コースケさんの護衛を頼みたいんです」

シルフィの代わりに、シルフィのすぐ横に立っていたメルティが笑顔で鬼娘達にそう伝える。その笑顔に鬼娘達は何か得体の知れないものを感じ、本能的な警戒心を掻き立てられた。

「メルティ、脅《おど》かすな」

「そういうつもりは無かったんですけど……」

シルフィに窘《たしな》められたメルティが頬に手を当て、困ったような笑みを浮かべる。

「言葉通りの依頼なら別に断る理由はないけどねェ……言っとくけど、アタシ達に政治的なアレコレは期待しないでおくれよォ？」

「それはわかっている。そして……まぁ、あー……うん。今回お前達にわざわざここまで足を運んでもらった理由を話そう」

「なんだい、姫様にしては珍しく歯切れが悪いねェ？」

シルフィの様子にシュメルが首を傾げる。シュメルが知る限り、シルフィがこのように歯切れの悪い様子を見せたことは殆どない。どうやら今回の依頼は随分と複雑な事情がありそうだ、と内心警戒する。

「その、お前達はコースケのことをどう思っている？」

「はァ？」

「んん？」

「えっ？」

鬼娘達が三者三様の困惑の声を上げて首を傾げた。それはそうだろう。あまりにも話の切り出し方が唐突に過ぎる。しかも、今回は依頼の件で呼び出されたはずだ。それなのにいきなりコースケのことをどう思う？　というのは一体何事であろうか。

「シルフィ、もっと順を追って話さないと……」

「う、うむ、そうだな……ええとだな、今回頼む護衛に関してなんだが、今後も同じようにお前達に依頼をする機会が増えるかもしれんのだ」

「なるほどォ？」

それがどうしてコースケをどう思うか？　などという質問に結びつくのであろうか。鬼娘達は揃って首を傾げた。

「詳しくは話せんが……コースケの能力は基本的に前線に置いてこそ輝く部分が大きい」

「……まァ、確かに」

シュメルはコースケの能力の一端を垣間見ている。彼女にとってもシルフィの言葉は納得に値する言葉だったので、シュメルは素直にその言葉に頷いた。

「いつでも私やメルティ、アイラやザミルが側に居られれば良いのだが、現実はそうもいかん。信頼できる護衛が必要だ」

「それでアタシ達かィ？　言っておくけど、国に仕えるつもりならアタシは最初から解放軍にそのまま所属していたよォ」

つまり、国に仕えるよりも自由な生活を送りたいから解放軍から脱退して冒険者として復帰したのだと、シュメルはそう言った。解放軍に所属せずに冒険者稼業をしているもう一人の赤鬼娘と単眼鬼の娘も同じ考えのようで、シュメルの言葉に頷いている。

「それはわかっている。私とてシュメルとはそれなりの付き合いだからな。自由気ままな冒険者生活を捨てるつもりは無いんだろう？　だが……」

「だが？」

「コースケの妻の一人としてコースケを支える。そういう話ならどうだ？」

「……はァ？」

シルフィの言葉にシュメルが唖然《あぜん》とする。それはそうだ。シルフィとコースケが互いに慈《いつく》しみ合っている様をシュメルは今までに何度も見ている。コースケのことは気になってはいたが、自分のように可愛げがない大女があそこに割り込むことはできないと諦めていたのだ。

「な、なんだってそんなことを」

「コースケを守るためだ。私達だけでは力が足りん。お前達の力がどうしても欲しい」

そう言ってシルフィは真っ直ぐにシュメルを見つめた。あまりに真っ直ぐな視線を向けられたシュメルがたじろぐ。

「い、いきなりそんなこと言われたって返事なんかできるわけないだろぉ？　第一、肝心のコースケの方はどうなんだい？」

「無論、これはまだ正式な話ではない。今回の依頼はお前達がコースケとどれだけ『仲良く』なれるかという、言わば試験のようなものだ」

「試験っすか？」

シュメルとは別のもう一人の赤鬼娘がそう問い、その問いにシルフィは首を縦に振る。

「ああ。だが、堅苦しいことは考えずに普通に接してくれ。アイラやハーピィ達も同行することになる。彼女達にも話は通しておくから、上手くやってくれればいい」

「なるほどっす。どこまで『仲良く』なってもいいんすか？」

赤鬼娘の質問にシルフィが僅《わず》かに仰《の》け反《ぞ》り、しばし考えてから絞り出すように声を出す。

「……い、一緒に風呂に入るくらいまでなら」

「お触りもありっすね？」

「……さ、触るだけなら」

「食べちゃっても良いっすね？」

「……そこまでやったら責任を取ってもらうぞ？」

「わかったっす。ヤるなら番《つが》いになる前提でってことっすね」

据《す》わった目でジロリと睨《にら》んでくるシルフィに、赤鬼娘がおどけた様子でそう言う。そんなやり取りを見ながら単眼鬼娘がオロオロとした様子を見せる。彼女はこの三人の中では常識人枠であった。解放軍の長に気軽に――しかも下手をすれば機嫌を損ねかねないような内容の話をする赤鬼娘の言動に酷く動揺していた。

「今回の依頼はコースケさんと上手くやれそうかどうか、実際に一緒に生活して、冒険して見極めてもらいたいという意図もあるということです。あまり意識し過ぎずに気楽にやってください」

「こんな話を聞かされて気楽にって難しい注文だねェ……」

「いつも通りやればいいってことっすよね。遠慮なくお触りありで。余裕っす！」

「あんたはお気楽ねぇ……」

余裕と言い切る赤鬼娘に、シュメルと単眼鬼娘が呆れたような視線を向けた。そんな視線を向けられても、赤鬼娘はどこ吹く風といった様子である。

「はぁ……まぁ、そういうことだ。請けてくれるか？」

シュメルは仲間二人に視線を向け、それぞれの意思を確認してから頷いた。

◆
◆
◆

結論から言うとゴンドラに関しては改造でなんとかなった。ちょっと窮屈になると思うが、なんとかギリギリ、といったところだろうか。物資の調達は何の問題もなし。

え？　グランデの竜化？

「無理だったのじゃ」

「無理だったか」

「もう少しな気がするのじゃ」

「そうか」

「うむ」

そう言ってまふまふまふまふと幸せそうにホットケーキを頬張るグランデを、一体どこの誰が非難できようか？　きっとここで非難したらこの幸せそうな顔が一転、悲しそうな顔になるに違いない。少なくとも俺には無理だ。

「別に空がダメなら馬車と徒歩で移動したって良い。時間はかかるようになるけど拘《こだわ》る必要はない」

「そうですね、旅路は別にゆっくりでも良いと思いますよ」

「そうですわよ。急ぐ必要はありませんわ」

「その分ゆっくりイチャイチャできるしなぁ？」

「……」

同じく朝食のホットケーキをまふまふまふと食べているアイラとハーピィ組のピルナ、イーグレット、カプリ、そして無言でコクコクと頷くエイジャ。

夜目の利くフラメとカプリのどっちが来るかは二人で話し合ってカプリに決まったらしい。

「……早ければ早いほど助かるんだが？」

「そうですよぉ、早ければ早いほど事態が動くのも早くなるんですから、できる限り急いで下さいねぇ？」

「考えてみれば、私達はすぐにそっちに行けるんですし、あまり長期化するようなら交代するのもありですよね？」

「そーだね！」

安全第一、時間がかかっても良いと主張する遠征組に対して、ジト目を送るシルフィやメルティその他から文句が飛ぶ。やめて！　俺のために争わないで！

「ゆっくりは冗談としても、安全第一は絶対。少しでも無理そうと思ったら地上での移動も考慮に入れる」

「そうですね。私達やグランデさんはともかく、コースケさんやアイラさんは墜落したら終わりですし」

「念の為パラシュートはつけてあるけどな」

食後のお茶を飲みながら呟《つぶや》く。一応あの後パラシュート投下実験も行って安全性は確保した。問題はないはずだ。

「まぁその、敢《あ》えて自由落下したいもんでもないからヤバそうだったら素直に地面に降りてくれよ」

「うむ、任せておけ」

口の周りをクリームでベタベタにしたグランデがふんすと鼻息を荒くする。ああもう、こんなにして。ベタベタの口元をナプキンで拭いてやる。

「グランデと接する時のコースケはなんというか……私達と接する時と雰囲気が違うな」

「ん。見ているとなんだか胸の奥が温かくなる」

「グランデちゃんに接する時は女性に対してと言うよりも子供に対してとか、娘に対して接するような感じよねぇ……」

「父性を感じますね」

「単に、グランデくらいしか俺が世話を焼かなきゃならない女の子がいないだけだぞ。君達はしっかりしてて、俺がこうやって世話を焼く余地が無いだろ」

俺の言葉にシルフィ達は互いに顔を見合わせた。うん、急にぽろぽろ食べ物を零《こぼ》したり、飲み物を飲む時に口の端から垂らしてもダメだからね。あからさま過ぎる。

「そういうのはそのうちな、そのうち」

「ぐぬぬ」

「くっ、負けた気分です」

「私達はこれからがチャンスタイム」

「ですね」

「そこまで必死になるものでは……はしたないですわよ」

「うちは旦那さんを甘やかすほうが好きやからねぇ……」

「……？」

シルフィとメルティが悔しそうに顔を歪《ゆが》め、アイラ達が不穏な会話をしている。うん、キリッとしたクール系美人さんだけど、エイジャだけはなんとなくグランデと同様に世話を焼いてあげたいオーラがあるな。是非今回の遠征中に構ってみるとしよう。

◆　◆　◆
「よォ旦那、久しぶりだねェ」

「お久しぶりっす」

「久しぶり。今回はよろしくね」

待ち合わせ場所であるアーリヒブルグの南門でシュメル達が待っていた。

「久しぶり。調子はどうだ？」

「悪くないよ。旦那に作ってもらったこいつも良い感じだしねェ」

そう言ってシュメルはニヤリと笑い、自分が持っていた大きな金砕棒《かなさいぼう》を指先で弾いてキィン、と良い音を鳴らした。

シュメルの側にはシュメルのパーティメンバーである赤鬼族さんとサイクロプスさんもいる。そう言えば二人の名前を聞いていなかったな。

「そっちの二人も久しぶり。そう言えば、この前は名前を聞いてなかったな」

「んお？　そうだったっすか？」

「そう言えばそうかもね。私達は貴方のことを知っていたから、とっくに名乗っていたつもりだったわ。私の名前はトズメよ。よろしくね」

「あたいはベラっす」

大木槌《おおきづち》を担《かつ》いだサイクロプスさんと、大斧を担いだ赤鬼族さんが、それぞれ自己紹介をしてくれる。クール系サイクロプスのトズメさんに、下っ端系赤鬼族のベラさんね。覚えたぞ。

「ところで、馬車はどこに用意してあるんだい？　まさか歩いていくわけじゃないだろォ？」

金砕棒の先端を地面に突き立てて、その上に手を置いたシュメルが辺りを見回す。うん、いくら探しても馬車はないんだ。

「馬車は使わないんだ。歩きもしないけど」

「ふん？」

「とりあえず門の外に出ようか」

全員で連れ立って南門を出て、すぐに街道を逸《そ》れて街道脇の草むらへと移動する。

「コースケ殿、馬車も使わず歩きもしないとは……？」

刀身の長い十文字槍を肩に担いだリザードウーマンのザミル女史が首を傾げながら聞いてくる。

「これに乗っていくんだ」

ザミル女史の質問に俺は六人乗りのゴンドラを出すことで答えた。見た目は完全におもちゃのロケット的なアレである。

「これは……？」

「まぁ、乗り物みたいなものかな。安全性はテスト済みだから大丈夫大丈夫。実際安全」

乗り込み口であるロケットの噴射口に当たる部分を開き、内部を見せる。覗き込めば、内部には六つの座席が見えることだろう。ザミル女史の分は尻尾があるから一人だけスツールみたいな感じになっているけど、許して欲しい。

「……ええと？」

「まぁまぁまぁまぁ……とりあえず乗り込んでくれ。あ、重量バランスの関係で三人はここと ここと ここのどこかに座ってくれな。あと、見ての通りあまり広くないから武器は俺が預かるよ」

「わかったっす」

ザミル女史は少し嫌がったが、鬼娘達は素直に俺に武器を渡してくれた。ザミル女史も最終的には折れてくれたけど。

「全員シートベルトは締めたな？　ザミル女史以外は」

「ん、締めた」

「お、おぅ……締めたけど」

「締めたっす」

「ねぇ、これ何の乗り物なの？」

「……」

ザミル女史は何か感づいたのか、落ち着きがなくなってきた。ははは、流石だな。勘の良いことだ。だがもう遅い。

「グランデ、扉を閉めてくれ」

「うむ」

「閉めたら頼むぞ」

「任せるが良い」

後部の扉――というかハッチが閉じられ、グランデが天井に上がる音がトン、トトンッと聞こえてくる。

「お、おィ、ま、まさか」

「よし、離陸だグランデ！」

「のじゃあああぁぁぁぁっ！」

ギギ、と少しだけ木材が軋《きし》むような音が聞こえた。それもつかの間、なんとも言えないふわりとした感触が俺の内臓をくすぐる。無事に離陸したようだ。

「グランデ、重量は大丈夫か？」

「うむ、問題ないぞ。ハーピィ達よ、遅れるなよ！」

「任せてください！」

「いくら相手がドラゴンでも、そう簡単に遅れは取りませんわ」

「……」

「お手柔らかになぁ」

外から聞こえてくる声は実にほのぼのとしたものだ。俺の隣りに座っているシュメルは赤い顔から血の気を引かせて震えてるけど。

「だ、旦那ァ……ま、まさかこれ」

「うん、飛んでるぞ。空中散歩を楽しんでくれ」

ニッコリと微笑んでやる。俺の返答を聞いたシュメルがヒッ、と短く息を吸った。

「いやあぁぁぁぁぁぁぁぁっ⁉」

「はっはっは、元気だなぁ」

シュメルの叫び声を響かせながらドラゴン特急が空をゆく。うん、残念ながらもう降りられる高度じゃないんだ。だから観念して欲しい。

Different world
survival to
go with the master

第三話
荒野の拠点で探索準備

「シュメル姐《ねえ》のあんな声初めて聞いたっす」

「あれが素なのかしら」

　アーリヒブルグを飛び立って数時間後、後方拠点――かつて本拠点と呼ばれていた拠点だ――に着いた俺達はゴンドラの外に出て各々外の空気を満喫していた。この拠点には無尽蔵に魔力を汲《く》み出すことのできる脈穴《みゃくけつ》と、それを利用した魔物除けの結界があり、また魔力を無尽蔵に利用できるという環境を最大限に生かして、魔力を動力として使う様々な魔道具を日常生活に取り入れている拠点だ。

　街のあちこちで水車動力や魔力動力の加工機械が動いており、周辺の荒野から収集されてきた鉱石や、黒き森から運び込まれる木材などを加工している。その他にも溢れ出る魔力を抽出《ちゅうしゅつ》、精製して魔力結晶として取り出す装置や、鉄や鋼《はがね》、その他にも銅や銀などを魔力で変質させて魔法金属を人工的に作る装置なども開発されている。もっとも、魔法金属の方はどうにも上手くいっていないようだったが。

　さて、話題のシュメルはどうなっているのかというと。

「ふぐっ……うぅ……」

「よしよし。怖かった」

「なんだか申し訳ないのう」

　ちょっと離れた場所で膝を抱えて泣いていた。そのシュメルをアイラとグランデが慰めているのだが、膝を抱えて座っているシュメルと、立ってその頭を撫でたり背中をさすったりしている二人の頭の高さが殆ど変わらない。体格差すげぇな。というかグランデのその手で背中さすって大丈夫？　ひっかき傷とかできない？

「高所恐怖症だったんだな、シュメル」

「そうだったみたいっすね」

「今まで全く気づかなかったわ」

トリオを組んでいた二人もシュメルの高所恐怖症については知らなかったらしい。

「ふむ……よし、シュメルのことは任せた」

「「えっ」」

唖然とするトズメとベラを置いて俺は後方拠点内へとダッシュする。アイラとグランデもいるし大丈夫だろう。ハーピィさん達には一足先に後方拠点内に入って情報収集をしてもらっているので、そちらに合流しようと思う。

「急に走り出されては困ります」

「正直すまなかった」

ダッシュする俺の後ろに着いてきた護衛役のザミル女史に怒られた。だって、あのままべそをかいているシュメルを眺め続けているのも、なんだか居たたまれなかったんだよ。

「それで、この後はどう動くのですか？」

「とりあえず今日はここで一泊だな。シュメルがあの状態じゃどうしようもないし。今日と明日の二日で情報収集と準備を終わらせて、明日の夜に目的地を設定、明後日の朝に出発って流れで行こう」

「御意」

ザミル女史と今後の予定をざっくりと話し合いながら拠点の門へと向かう。

「おいっす、通るぞー」

「お疲れ様です！」

防壁の門を守る門番達に軽く手を挙げて挨拶しながら門をそのまま通る。後方拠点に住む人々は解放軍が発足したごく初期の段階でここに保護された人々だ。俺の顔はほぼ全員覚えているので、基本的に門でもどこでも顔パスである。まぁ、そもそもここに来るのなんて、護衛付きの解放軍輸送部隊か俺達、あるいは黒き森のエルフ達くらいのものだから、門番なんてのも殆ど形式上の存在なんだけどな。

でも、セキュリティの観点から置かないわけにもいかない。もしかしたら正体不明の旅人がふらりと現れたりするかもしれないからな。

門を通過した俺はそのまま拠点の中央部へと向かう。ピルナ達四人のハーピィが先に拠点に入って情報を収集してくれている筈だが、さてどこにいるのやら。考えられるのは中央部にある大食堂か、寄り合い所かな？　情報収集をするなら人の集まるところにいるだろう。

「あ、旦那様」

「旦那さん、こっちに先に来たんやね」

大食堂に顔を出してみると、大鳥種の白ハーピィであるイーグレットと小鳥種の茶ハーピィであるカプリが拠点の住人達と話をしていた。話し相手は午前の畑仕事を早めに終わらせて休憩している人達であるようだ。太陽の位置から考えると昼食にはまだ少し早い時間だから、昼食までここでまったりと休んでいるところなんだろう。

「うん。何か有力な情報はあったか？」

今回の遠征の目的は比較的解放軍に友好的なアドル教の教派の一つ、真実の聖女エレオノーラが属する懐古派がアドル教の主流派に対抗するための資料——つまり、改竄前のアドル教の教えが書いてある古いアドル教の教典の探索である。

ピルナ、イーグレット、エイジャ、カプリのハーピィ四人には俺達より先に後方拠点内に入って、そういったものを見かけたことがないか、そういったものが眠っている遺跡の情報がないか、という情報の収集をお願いしておいたのだ。

「遺跡はそこそこの数が見つかっているようですが、発掘などはしていないようですわ」

「地面を掘り起こすのは大変やからねぇ。この辺りはギズマもまだようさんおるようですし」

「なるほど。じゃあ遺跡のある位置をしっかり聞いておいてくれるか？」

「わかりましたわ」

「はいなぁ」

「俺達は寄り合い所の方に顔を出してくるよ」

この場は二人に任せ、寄り合い所へと移動する。大食堂はその名前からして役割がわかりやすいと思うが、寄り合い所の方は職人のまとめ役や農作業者のまとめ役、拠点の外で色々なものを探索してくる探索者のリーダー達、子供の面倒を見ている人達のまとめ役、食料などの物資の管理をしている倉庫の管理者など、拠点内で様々な仕事を担っている人達が集まって、互いの作業や物資、人員の振り分けなどを調整する場所だ。こう言うとなんだかお固い場所に聞こえるが、要は役職持ちの人達が集まって井戸端会議をする場所である。

「お邪魔しまーす。と、ピルナはこっちにいたか」

寄り合い所に入ると、この後方拠点のまとめ役をしている羊獣人《ひつじじゅうじん》の男性と話をする青ハーピィのピルナの姿があった。茶褐色の大鳥種ハーピィのエイジャはとても寡黙な性質だからあまり話し合いに向かない。だからリーダーのピルナと一緒に行動しているんだろう。

「旦那様もこちらにいらっしゃいましたか。大食堂には？」

「ああ、寄ってきた」

「そうでしたか。こちらでは周辺の地図の写しをもらえることになりましたよ」

「そいつはいい。周辺の地形がわかるだけでも探索がかなり捗《はかど》るな」

地図も何もなしに、どこにあるのか目星もついていないものを当てどなく探し続けるのは一種の苦行だ。地図があるだけでもとてもありがたい。

「発掘品として本とかは出てきてないのか？」

「出てきていません……と言いますか、この拠点の地下遺跡以外は遺跡の発掘は進んでいないのです。いくらギズマに有効なクロスボウがあるとはいえ、遺跡の発掘となると何日も、何週間も腰を据えて土を掘らなければならないので……」

そう言って、もこもことした白い髪の毛を持つ羊獣人の男性が申し訳なさそうな顔をする。

「なるほど。そこまでの余裕はまだないよな。残ってる人員も職人や研究者、農作業をする人がメインだし」

「はい、そういうことでして……一応元冒険者の住人が周辺の地図を作ったり、各種資材の採掘を行ったり、採掘者の護衛を行ったりという感じで採取や採掘はしていますが、遺跡の発掘までは手が回らず……」

「いやいや、そんなに申し訳なく思う必要はないさ。大食堂や街を歩く人達を見てきたけど、皆穏やかで幸せそうな顔をしていたと思う。今までの方針に間違いはないと思うよ」

「そうですか……過分なお言葉をいただき、ありがとうございます」

羊獣人の男性が瞳を潤《うる》ませて涙を拭《ぬぐ》う。涙もろい人だな！

「ええっと……そうだ、今日、明日と二日間こちらに滞在してから探索に行きたいと思っているんだ。空き家を二軒ほど手配してくれないか？」

「お任せください。コースケ様の宿泊施設に関しては、こちらの拠点を作った際に使っていただいていたものがそのまま残っております。掃除もちゃんとしてありますので、そのままお使いいただけますよ」

「それなら一軒で良いかな。俺の方にアイラとグランデとハーピィ達、借家の方にシュメル達とザミル女史って割り振りでいいかな？」

「問題ないかと」

「それで良いと思います」

「……」

ザミル女史とピルナがそれぞれ同意してくれた。エイジャもコクコクと頷いてくれているので、それで良いらしい。

「それじゃあそういうことで。寝具の手配とかも頼めるか？」

「お任せください。もうじき昼食の時間になりますが、コースケ様達はどうされますか？」

「どうする？　折角だから大食堂で食っていくか？」

「そうですね、どんな食事なのか興味があります」

「市井の生活を見るのも重要かと」

ピルナは好奇心から、ザミル女史はまるで王族か何かにアドバイスでもするように大食堂で昼食を取ることを支持した。

「俺も市井の一般人のつもりなんだが」

「ははは、ご冗談を」

「コースケ殿は一般人ではありませんね」

「私も旦那様は一般人では無いと思いますよ」

羊獣人のまとめ役とザミル女史とピルナの三人から速攻で否定された。何故だ。

「ああ、それとアーリヒブルグから物資や資材を預かってきてるんだ。食事が終わったら倉庫に収めたいんだが。それと、遺跡の場所の見当をつけたいから、できる限り情報を集めておいてくれるか？」

「わかりました。物資倉庫の担当者に連絡をしておきます。遺跡の情報についても外回りの担当者に情報提供をするように伝えておきますので」

「頼む。それじゃあ俺達は大食堂に行くとするよ」

「はい。地図は明日までに用意しておきますので」

「重ねて感謝する。それじゃあ」

羊獣人のまとめ役と別れて寄り合い所を出る。空を見上げて確認すると、太陽の位置が真上に近い。そろそろ正午かな？

「ピルナ、悪いけど着陸地点にいるアイラ達に大食堂に来るように伝えてきてくれないか？」

「はいっ、わかりました！　行ってきますね」

頼られたのが嬉しかったのか、ピルナが笑顔を見せて飛び立っていく。エイジャは飛び立つピルナと俺の顔を見てどうしようか迷っているようだ。

「エイジャは俺と一緒に大食堂に行こうな」

「……」

エイジャがコクリと頷いて嬉しそうに微笑む。ううむ、しかし本当に寡黙だな、この子は。なんだか上機嫌なエイジャと、いつも通りむっつりとした表情（正直リザードウーマンであるザミル女史の表情は俺には判別ができない）のザミル女史を連れて大食堂に戻ると、入口の近くでイーグレットとカプリが待っていた。

「おかえりなさいませ。寄り合い所でのお話は終わりましたの？」

「ああ、地図の写しを明日には貰えることになったから、二人の聞いた情報と照らし合わせて目的地を決めよう。今、ピルナに残りの五人を呼びに行ってもらったから、今のうちに聞いてもらった情報をメモしておこうか」

「それがええねぇ。時間が経つと忘れてしまうかもしれませんし」

大食堂の入口近く、人の流れの邪魔にならない場所に椅子代わりの丸太や木箱を置いて、イーグレットとカプリから遺跡がありそうな場所の情報を聞いていく。

「なるほど、北東の荒野のど真ん中に何らかの史跡らしきもの、東の丘の麓《ふもと》に石材と思われる不自然な形の岩が多数、それと西に湖の跡と思われる乾ききった大きな窪地と、その周辺に何らかの史跡と思われる建造物らしきものの残骸ね」

「どこを探したらええんやろうねぇ？」

カプリが首を傾げる。他の面々もどこから探したら良いものか思案しているようだ。

「図書館や教会跡を発掘できれば良いんだけどなぁ。当時の地図でもあれば助かるんだが」

「図書館ということであれば、湖の近くということは無いのではないでしょうか。本や巻物の保管に湿気は禁物です。湖の近くですと霧も出るでしょうし、水害などに遭ったら大変です」

ザミル女史が説得力の高い意見を披露してくれる。うん、たしかにそう言われるとそうかもしれない。

「良い考察だと思う。それじゃあ北東か東の情報を先に当たるか。他にも情報が集まるかもしれないから、最終決定は明日の夜ということにしよう」

「そうですね」

ザミル女史が満足げに頷く。ザミル女史は冷静というか、理知的だな。砦《とりで》の攻略戦の時に槍を持って嬉々として白兵戦に飛び込んでいったイメージが強かったから、どちらかというと脳筋寄りな人かと思っていたけど、そういうわけではないようだ。

「みなさんを連れてきましたよー」

そうして話し合っているうちにアイラ達を連れたピルナが戻ってきた。シュメルは……うん、いつも通りってわけじゃ無さそうだけど多少復活したようだ。

それじゃあ大食堂の昼食ってのを食べてみるとしようかね。

◆
◆
◆

大食堂に入った俺達は配膳口への列に揃って並び、自分達の番が来るのを大人しく待っていた。

「今日のメニューは具沢山のスープとパンみたいだな」

「ん、芋と野菜のスープと焼き立てのパン」

「朝焼いたパンってわけじゃなく、焼き立てみたいですね？」

ピルナがクンクンと鼻を鳴らして首を傾げる。

「この拠点では脈穴から無尽蔵に湧き出す魔力を利用することができるから、燃料の節約をする必要がない。つまり、朝にいっぺんに一日分のパンを焼いたり、数日分のパンをまとめて焼いたりする必要がないということ」

「なるほど、だから食う度に焼き立てのパンを食えるってことっすね」

「焼き立ての温かくて柔らかいパンを毎食食べられるのはとても良いことね」

「焼いてから日数の経ったパンはボソボソで堅くて、スープに浸してふやかさないと食べられたもんじゃないっすからねぇ」

アイラの解説に赤鬼娘のベラとサイクロプス娘のトズメが感心する。そうしているうちに俺達の番が来た。

「あら、コースケ様。今日はこちらで食事を？」

「うん、皆が普段食べているものを知っておこうと思ってな。何か不足しているものとかは無いか？」

俺の言葉を聞いて配膳係の猿人族のおばちゃんはにっこりと笑った。

「大丈夫ですよぉ。野菜は沢山収獲できているし、ちょくちょくギズマが来て退治されるから、肉にも困りません。最近はメリナード王国の方からチャボ鳥や山羊も運ばれてきましたから、食生活はもっと充実していくと思います」

「そっか。何かあったらまとめ役の彼を通じてアーリヒブルグに陳情してくれよ？」

「はい、ありがとうございます」

あまり話し込んでも後ろの人に悪いので、焼き立てのパンと具沢山のスープが入ったどんぶりのような深皿をお盆に載せて空いている席に向かう。程なくして全員が揃ったので、いただきますをして早速具沢山スープの攻略に取り掛かることにした。

「具はタルイモ、ニギ、カロル、ディーコン、ギャベジ、それにこれは……ギズマの肉か？」

「ん、多分そう。切り分けたギズマの肉を干したもの？」

「多分焼干しですわね。香ばしい香りが致しますし」

「足が早いギズマの肉を保存できるように工夫したんやねぇ」

スープの味付けは塩だけであるようだが、野菜とギズマの焼干しから出る出汁《だし》が利いていてなかなか美味しい。サトイモのような食感のタルイモと、黄色くてニンジンに似た味のカロル、黒いダイコンのディーコン、真っ赤なキャベツといった外見のギャベジ。ニギはネギだな。俺の知るネギよりも太くて短いけど、味や香りはネギそのものだ。この世界でも香味野菜として使われている。

「うん、塩味の芋煮だな」

「ん、芋煮美味しい」

「野菜も芋もたっぷりで栄養満点ですね」

「ギズマの肉から良い出汁が出てるっすね」

パンの方は焼き立てで美味しいけど普通のパンだった。でも、スープにも合うし食べごたえもあるな。

「俺は美味しいと思うけど、この世界の食事のグレード的にはどうなんだ？」

「普通の農村の食事と比べるのはアレっすね。村の収穫祭のごちそうとかそういうレベルっすよ」

「私もそう思うわ。アーリヒブルグで銅貨五枚出して食べる食事より遥かに豪華ね」

「身体が大きいからって器も大きいのにしてくれたし、パンも三つもつけてくれたっす」

ベラとトズメが解説してくれる。確かに、二人とシュメルのスープの器は俺達よりも大きい。パンも三つついているようだ。

「毎食こんな感じで腹いっぱい食えるとか、天国みたいなとこっすね」

「コースケの力があってのもの。コースケの力がなかったら、この痩せて乾燥した土地でこんな生活は絶対にできない」

「そうですね。防壁も、家も、畑も、水源もコースケさんが作ったものですし」

「特に水源と畑が規格外」

まぁ無限水源と、短期間で何度も収穫できる畑だもんな。水と食料の心配がなければ人というものは割と穏やかに生きられるものである。

「それで、飯食い終わったらどうするんすか？」

「んー、寝床と装備の確認かな。時間もあるから装備のメンテが必要なら請け負うし、欲しい装備があるならできる範囲で作るよ」

「それは何でも良いので？」

「まぁ、俺に作れる範囲のものなら」

ザミル女史の目が鋭い光を放った。あ、これはウカツをやらかしましたかね？

「では短槍を作っていただきたいのですが」

「アレの？」

「できれば。流星は長すぎて遺跡の内部などの閉所では扱いにくいので」

アレというのはつまり、ミスリルのことである。俺としてはミスリルなんていくらでも作れるわけだし別に構わないんだけど、シルフィからはあまりみだりにミスリル製の武器を作るなって言われてるんだよな。

「鉄合金製で良いなら」

「勿論それで構いません。純粋なものより重くなりますが、破壊力が増しますから。短槍ならかえって都合が良いです」

「……今日の晩までにどんな形状が良いか考えておいてくれ」

「御意」

ザミル女史がニタリと笑みを浮かべる。うん、ザミル女史のその顔は怖いんだよね。こう言っては失礼かもしれないけど、威嚇《いかく》しているように見える。

「武器も作ってくれるんすか？」

「武器でも防具でもなんでもいいぞ。その分働いてもらうけど」

「素材は？」

「金属系の素材は鉄、鋼、真鉄《まがね》、魔鋼《まこう》、ミスリル合金各種。あと黒き森で採れる素材が色々、ワイバーンとかグランドドラゴンの鱗《うろこ》とかもあるけど」

用意してある素材の内容を聞いたベラとトズメがぎょっとした顔をした。

「うん、その反応も仕方ないと思うけど、あるものはあるんだ。君達の戦力アップは俺の安全にも繋がるし、遠慮は要らないぞ」

「え……？　えっ？　マジっすか？　マジっすか!?」

「ほ、本当に良いの？」

「うん、良いよ。シュメルの金砕棒も魔鋼で作り直すか？　ミスリル鉄合金のが良いかな？」

「……ミスリル系の合金は基本的に鋭さと粘りが特徴だから、打撃武器には合わないよ。魔鋼がいいねェ」

今までずっと無言だったシュメルがやっと言葉を発してくれた。なんとか機嫌を取ることができたようだ。

「じゃあ、シュメルの金砕棒は魔鋼製にするぞ。長さとか形状とかに希望があるなら聞くけど」

「今のままで良いよォ。多少重くなっても構わない」

「わかった。二人は？」

「あたいも柄の長さとかバランスとかは、今使ってる斧と似てたほうが良いっすね。えっと、素材は……」

「斧なら刃物だしミスリル鉄合金で良いんじゃないか？」

「い、良いんすかね……？　なんか分不相応な気が……」

「そんなもん武器に見合う腕になりゃ良いんだ。おたおたすんじゃないよォ」

あたふたするベラをシュメルが嗜《たしな》める。うん、調子が出てきたようで何より。

「え、ええと、私は……」

「ああ、トズメの武器に関しては腹案があるんだ。シュメルが金砕棒で打撃、ベラが斧で斬撃《ざんげき》を担当できるだろう？　だから、トズメのは刺突《しとつ》もできるような武器はどうかと思うんだけど、どうだ？」

「刺突って、私は槍なんか使えないわよ？」

「打撃も刺突も両方いけるように工夫するから」

今までハンマーヘッドのある大木槌で戦っていたなら、ウォーハンマーの類も上手く使えると思うんだよな。ハンマーヘッドは打撃部を広めにして、打撃部の片方は平たく、反対側は先端を鋭くすれば、打撃攻撃も一点集中の刺突攻撃もできるだろう。あと、柄の長さとバランスを、今使っている大木槌と同じように整えてやったほうが使いやすいだろうな。

「うーん、やる気が満ちてきた。とっとと飯を食って早速作りに行くか」

「私はコースケが無茶をしないように傍で見てる」

「じゃあ、私達は拠点内の見回りと情報収集の続きをしてきますね」

「隅々まで確認してきますわね」

「私は短槍のデザインを考えながら、警備に当たっている者達の練度を見てきます」

アイラは俺の傍で監視、ハーピィさん達は情報収集を続行、ザミル女史は拠点の警備兵の訓練……頑張れ警備兵の皆さん。

「あたい達はどうすれば良いっすかね？」

「武器の調整とかしないといけないから、悪いが俺の方に付き合ってくれ」

「わかったよォ」

こうして本日の活動方針を決定した俺達は食事を終え、各々動き出した。

◆　◆　◆

「さて、そういうわけで君達三人の武器をぱわーあっぽしていきます」

「あっぽ？」

「あっぽ。まずは作業台をドーン」

首を傾げるアイラに頷き、付与作業台とゴーレム式作業台、改良型作業台に鍛冶施設、といった感じで本日の宿となる建物の前に並べて設置していく。

「相変わらずあんたの使う力は面妖《めんよう》だねェ」

「どっから出てきたんすかね、これ」

「こまけぇこたぁいいんだよ。ハゲるぞ」

「女に向かってハゲるとか言うのはどうかと思うっす」

なかなか良い突っ込みを入れてくるベラをスルーして作業台の他にテーブルを出し、三人から預かっている武器をそれぞれテーブルの上に置く。

「相変わらずクッソ重いな。よくこんなの振り回せるな、シュメル」

「鍛え方が違うんだよ、鍛え方が」

「そんなに腕とか太くないのにな」

シュメルは確かに俺よりデカいし筋肉質だが、ちゃんと女性らしい柔らかさも兼ね備えている。ムッキムキビッキビキのマッスルボディってわけじゃないんだけどなぁ。不思議だ。

「コースケ、目つきがやらしい」

「冤罪だ。無罪を主張する」

とは言え、あまり女性の体をジロジロと見るのも不躾《ぶしつけ》というものだろう。作業に入るとするか。

「シュメルの金砕棒は工夫の余地がないから簡単だな。素材を魔鋼にするだけだし……それじゃつまらんな。何か面白機能とかつけてみるか？」

「そういうのは要らないよォ。あたしはそんな器用でもないしねェ」

「そうか？　まぁそう言うなら」

というわけで、魔鋼を素材にして金砕棒を作る。ゴーレム作業台で作ればさほど時間はかからない。

「ベラの斧はどうすっかね。もうちょっと刃渡りを広くしてみるか？」

「あ、それは良いっすね。是非お願いしたいっす」

「んじゃバルディッシュ風にしてみるか。あまり柄は長過ぎない方が良いよな？」

「そっすね。あんまり長いと森の中とか遺跡の中とかで使いにくいんで」

それじゃあベラの斧は柄を切り詰めたミスリル鉄合金製のバルディッシュだな。ショートバルディッシュってところか。

「私の武器はどういう感じにするつもりなの？」

「おお、トズメのはこんな感じのにしようかと思うんだが」

と、そう言って俺は地面の土にトズメの戦鎚の絵を描いてみた。柄頭の片方は打撃面の広い平型、反対側はツルハシのように尖った形状。まぁ、典型的なウォーハンマーだな。普通のウォーハンマーに比べると柄頭《つかがしら》の重量がかなりすごいことになってると思うが、サイクロプスのトズメなら多分使いこなせるだろう。ミスリル鉄合金は普通の鉄より若干軽いし。

「思ったより珍妙な武器じゃなくて安心したわ」

「お？　なんだ？　珍妙でリリカルでマジカルな感じの武器にしてやろうか？　サイクロプス魔法少女・トズメちゃんになるか？　おん？　今ならフリフリピンクの魔法少女コスチュームもつけてやるぞ？　おォン？　なんなら三人全員分作ってとりぷる☆オニキュアとかしちゃう？　ん？」

「なんかよくわからないけどあたしは嫌だよ」

「やるならトズメだけにして欲しいっす」

「私が悪かったから許して」

　トズメが土下座せんばかりの勢いで頭を下げた。俺としては三人の魔法少女コスチューム姿も見てみたいし、オススメだぞ？　嫌だ？　どうしても？　なら仕方ない、勘弁してやろう。

「まほーしょうじょコスチュームって、私が前に着たやつ？」

「そうそう。新作を作ってみようか？」

　結構前にファッションショーめいたことをしたことがあったな。その時にアイラには魔法少女風の服とか着てもらったんだった。

「今晩着る？」

「Ｏｈ……いいね！」

　今夜はコスプレしてくれるらしい。前に作ったのはフリフリ系のやつだったな。今回はどんなのにしようかな。悩むね。

「とにかく作っていくか。恐らく大丈夫だと思うけど、重量バランスその他で不満点がある場合は言ってくれ。調整するから」

そう言って俺は武器の作成を開始した。

◆
◆
◆

さて。各々に渡す武器のクラフト予約も済んだので、あとは出来上がりを待つのみである。

「物資倉庫に納品に行こうと思う」

「ん、忘れてるのかと思った」

「いや、クラフトは予約入れてから出来上がるまで時間かかるからな。とりあえず先にクラフト予約を入れて、それから納品に行こうと考えてたんだ」

「そう」

決して忘れていて、今思い出したというわけではない。だからアイラ、その生暖かい目で見るのをやめてくれ。それは俺に効く。

「え？　これで作業終わりっすか？　炉に火を入れて金属を溶かしたり熱したり、カンカン叩いたりしないいんすか？」

「俺の能力はな、作るものを指定して、あとは施設任せで自動で出来上がってくるんだ。凄いだろう？」

「職人に喧嘩売ってるわね、その能力」

トズメが呆れたような視線を向けてくる。アイラと同じような大きな一つ目だけど、トズメはクール系の美人さんだし、身長の関係上見下ろしてくる形になるから迫力があるな。

「ははは、そうだろう。だから職人の皆さんに言ってはダメだぞ。闇討ちされるかもしれん。まぁ、大量にモノを作る場合は自重して職人の皆さんとは競合しないものだけにするとか、どうしても緊急に必要な場合とか、そういう時だけにしてるから大丈夫なはずだけどな」

「自重しなかったらどうなるんすか？」

どうにも想像がつかないらしいベラが首を傾げる。まぁそうよね、具体的な数字が出ないと実感わかないよね。

「例えば今だと作業台一つにつき、一分半以下で鋼の剣や槍が一本作れる。つまり、一時間で四十本作れるわけだ、作業台一つあたりで。作業台を五つに増やせば一時間に二百本の鋼の剣や槍が出来上がる。そしてクラフトは、やろうと思えば一日中だって動かしていられる。つまり、丸一日で四八百本の鋼の剣や槍が作れるというわけだ。作業台を増やせば鎧兜《よろいかぶと》も同時に作れる」

「……恐ろしいっすね。武具職人なんて必要なくなるっす」

「そうだろう？　しかもこれは武器だけの話じゃないぞ。鍋だってフライパンだって農具だって食い物だって、服だって薬だってなんだって同じように作れるんだ。俺が自重しなかったら、そういったものを作っている人が死ぬんだ。経済的に」

しかも品質は安定しており、粗悪品は一切ない。試しに作った鋼の剣を本職の鍛冶職人に見てもらったが、名剣には程遠いけど上質な鋼の剣だという評価を貰った。つまり、一般的な鋼の剣よりも品質が良いという評価なのだ。

そんなものが大量に出回ったらどうなるか？　想像するのはあまりにも容易だ。

「コースケは皆のことを考えて自重できる。えらい」

「ははは、そうだろうそうだろう。もっと褒《ほ》めてもいいぞ」

「夜になったらお姉ちゃんがいっぱい褒めてあげる」

「お姉ちゃん……？」

「アイラはアレで三十何歳だか四十何歳だかだよォ。二十年前の時点で宮廷魔道士だったらしいからねェ」

「マジっすか」

怪訝《けげん》な表情をするトズメにシュメルがアイラの歳を暴露し、ベラが驚愕《きょうがく》する。うん、見た目はちっこいけど俺よりも年上のレディなんですよ、この子。体型と口調で幼く見られるけど。

「んじゃ行ってきまーす」

「私もついていく」

「どうします？」

「あたい達もやることないし、ついていきましょう」

「あたしはここで待ってるよォ。通りがかりの誰かがいたずらしないとも限らないしねェ」

作業台の見張りをかって出たシュメルを除く四人で物資の備蓄倉庫へと移動を開始する。アイラが小さな手を伸ばしてきたので、その手を握ってゆっくり歩くことにした。

手の大きさが違い過ぎて、所謂《いわゆる》恋人繋ぎはしにくいんだよな。だからなのか、こういう時アイラは俺の人差し指と中指だけを握ってくる。彼女的にはこれくらいがベストフィットらしい。

「なんつうか、見てるだけで当てられそうっす」

「下手したら親子に見える身長差だけどね……ヒェッ」

アイラが、親子発言をしたトズメを振り返った瞬間、トズメの怯《おび》えたような声がした気がする。きっと気のせいだよな、ははは。マジギレしたアイラは怖いから発言には気をつけたほうが良いぞ。

和《なご》やかな雰囲気のまま暫く歩き、物資備蓄倉庫にたどり着いた。管理官らしきリス系の獣人がトコトコと歩み寄ってくる。

「コースケ様、お待ちしておりました！」

「悪いな、先にちょっと寝床の方の確認に行っていたんだ。これが目録だ」

メルティから預かってきた物資の目録をインベントリから出してリスの管理官に手渡す。今回持ってきたのは木材や精錬した金属、宝石の原石、香辛料の類や砂糖、保存の利く菓子に酒類などの嗜好《しこう》品《ひん》、塩漬けの肉、岩塩など後方拠点では手に入りにくい品がメインだ。

後方拠点でも金属の採掘は細々《ほそぼそ》と行われてはいるが、採掘できる量も後方拠点内の需要を満たせる程でもない上に、ギズマに襲われる危険もある。木材にいたっては黒き森から運んでこないと入手自体が不可能である。周りは石と砂と土しか無い荒野なので。

嗜好品の類に関しても食糧生産が優先されている状態で、生産量は決して多くはない。畜肉《ちくにく》に関しても家畜の飼育は始まっているがまだまだ需要を満たせる状態ではなく、塩に関しても近くに採取できるような場所は無く、黒き森のエルフの里とメリナード王国方面から運んでいる状態である。

それと、精錬した金属や宝石の原石、嗜好品などに関してはエルフの里との交易にも使える。というかエルフとの交易用に用意してきたというのが実際のところだ。実際にどういう感じで交換するかは俺は知らんけど。

「今回は多いですねー。倉庫に入るかな？」

「貴重品もあるし、なんだったら頑丈なのをもう一つ作るか？」

「そうしてもらっても良いですか？」

リス獣人の管理官にアイラも交えて三人で倉庫を建てる位置や構造を検討し、倉庫の建て増しではなく、既存の倉庫の拡張という方法を取ることにした。俺が作った建物なので、作業自体は楽ちんである。普通に建てた建物だと屋根を支える柱とか色々考えなきゃいけないんだろうけどな。俺ならそんな難しいことを考える必要もない。

いや、ゲームによってはちゃんと重力が計算されてて、支える力より重量が重くなったりすると建物が崩壊するのとかもあるんだけどね。俺の能力はそうじゃないみたいだから楽でいいけど。

「ありがとうございます！　これで問題無さそうですね！」

「棚とかは職人に発注してくれ」

「わかりました！」

リス獣人の管理官は部下らしき大柄の熊獣人や牛系の獣人に指示を出して、俺がインベントリから出した大量の物資を次々と拡張した倉庫に運び入れ始めた。

「いやー、とんでもないっすね。三十分足らずで倉庫がでかくなったっす」

「規格外よね。冒険者としても大成できるんじゃない？」

「荷物はいくらでも持ち放題、武器が壊れても現地で修理どころか作ることすらできる、安全な寝床に美味しいご飯も現地で用意できる、一パーティに一人は欲しい人材っすね」

「……」

アイラは二人の評価に何も口を挟まなかった。実は治療もできるとか、銃だのなんだので強力な遠距離攻撃もできるとか、他に冒険者として役立ちそうな能力もあるわけだが、そんなことを二人に伝えてもあまり意味がないからな。今更冒険者稼業に身をやつすつもりもないわけだし。

「とりあえず、今日の用事はもう終わり？」

「そうだな。あとは戻って武器の調整をしながらゆっくりするくらいで。なんなら久しぶりに色々と衣装でも作ってみるか？」

「まほーしょうじょふく？」

「まぁそれも含めて。ベラとトズメにも何か作ってやるよ。ドレスとか」

俺の言葉にベラとトズメが驚いた表情をする。良いね良いね、そういう反応。最近、俺の周りにいる人達は俺のやることに慣れてきて、そういう表情を見せてくれないからな。

「へぁっ？　ドレスっすか？　あたい達の？」

「いや、そういうのは私達にはちょっと」

「二人とも美人だし、着飾れば映《は》えるって。まぁ、今回の依頼の余禄《よろく》だと思えば良い」

「既に余禄だけで家が建ちそうなんすけど」

ベラが真顔でそう言う。うーん？　市場価格は知らんが、ミスリル鉄合金の武器ってそんなに高いものなのか。鉄とミスリルの比率を考えると、ミスリルの量なんて微々たるものなんだけどな。

「まぁまぁ細かいことを気にするなって。ハゲるぞ」

「だから女に向かってハゲるって言うのはどうかと思うっす」

蓮《はす》っ葉《ぱ》な感じというか、下っ端っぽい言葉遣いの割にはベラは真面目なやつだよな。

「シュメルの言っていたことの意味がわかってきたわ……」

「ん？　なんて？」

「いちいち突っ込むと疲れるから好きなようにさせて、黙って見てるのが一番疲れないって」

「ははは、シュメルめ。戻ったら白くてフリルとレースでフリフリふわふわのウェンディングドレスめいたものを着せてやる。二人とも手伝えよ」

「ええ……まぁいいけど」

「怖いっすけど見てみたいから手伝うっす」

「私も手伝う」

ふふふ、四人がかりなら、さしものシュメルも抵抗できまい。今日は久々にファッションショーだな。

◆　◆　◆

「魔法はズルくないかねェ……？」

「ズルくない」

　どうも。コースケです。シュメルにぶっとばされて地面に転がっているコースケです。ちなみにベラはぶん殴られてノックダウン、トズメは砂を顔面にかけられて大きなお目目に目潰し食らって悶絶しています。

　倉庫から戻るなり早速白くてフリフリでふわふわなドレスを作ってシュメルに着せようとしたんだけど、当然のごとく拒否された。そして打ち鳴らされる戦いのゴング！　コースケくん吹っ飛ばされたァー！　で、気がついたらこうなってました。

　今、シュメルは輝く光の輪で四肢をそれぞれ大の字に拘束されている。ちょっと身体が浮いてるな。それにしてもアイラの魔法すげぇな！

「そもそも、ただ服を着るだけの話。別に屈辱《くつじょく》的な服を着せられるわけでもなし、その程度のことで暴力を振るうシュメルは心が狭い。冒険者風に言うとケツの穴が小さすぎる」

「あたしの服を無理矢理剥いで、あたしが着たくない服を無理矢理着せるのは横暴ってモンじゃないのかねェ……？」

「本当に着たくない？」

　アイラがジッとシュメルを見つめると、シュメルはそっと目を逸らした。

「大丈夫、皆着るから恥ずかしくない」

そう言うアイラに俺は親指を立てて応えた。良いだろう、全員分作れば解決ってことだな。

というわけで全員分作りました。フリルとレースたっぷりの純白のドレスを。

「や、やっぱ似合わないよォ……」

「いや、姐さん似合ってるっすよ。可愛いというか綺麗っす」

「な、なんだか落ち着かないわね」

「コースケ、似合ってる？」

「似合ってる。超似合ってる」

シュメルはフリフリふわふわドレスを着て顔を真っ赤にして涙目になっているし、トズメは落ち着かないのかモジモジしている。意外とベラが平然としているな。自分の状態よりもシュメルやトズメの方が気になっているだけかもしれないけど。

そしてアイラ。アイラ可愛い。ヤバい。語彙力が低下するレベルでヤバい。何故俺の能力の中にスクリーンショット機能がないんだ⁉　Ｆ２を意識してもＦ12を意識してもＰｒｉｎｔ Ｓｃｒｅｅｎを意識しても、カシャッて音は聞こえてこない。クソが。

「他にも色々作ってみよう」

「ん、着てみる」

「しかし何にするかな……よし、シュメル達に似合いそうなので行こう」

というわけで、デニムのホットパンツにショート丈のタンクトップという超薄着、肌露出多めの攻めたコーデにしてみました。

「さっきのよりは随分マシだねェ」

「ちょっと丈短すぎないっすか？　下から覗けちゃいません？」

「部屋着に良いかもしれないわね。丈はもう少し長いほうが落ち着くけど」

「コースケ」

「肌の露出が多くて大変眼福《がんぷく》にございまする」

どーん、ばきーん、どかーんなシュメル達には素晴らしく似合う。ばきーんというのは引き締まってるというか六つに割れてる感じだからね、彼女達。マッスル。

アイラはどうだって？　ロリ体型にホットパンツもこれはこれでなかなかに良いものだと思います。アイラの白い肌が目に眩《まぶ》しい。

「普通の丈のタンクトップはこれ」

「あ、これは良いわね。何枚か欲しいわ」

「良いぞ」

「あっ、あたいも欲しいっす！」

「あたしも欲しいねェ」

「ＯＫＯＫ、五枚ずつやるから、これから作る服も着るようにな」

彼女達のサイズはほぼ一緒なので、同じ大きさのタンクトップを十五枚作れば良い。これくらいちょちょいのちょいである。

そして次はこれだ。

「首のリボンを締めてボタンを上まで留めてると窮屈だねェ」

「緩めて二つ三つ外していいっすか？」

「なんとなく引き締まった気分になるわね」

「かわいい？」

「可愛い！」

半袖ＹシャツにＩ短めのプリーツスカートでＪＫ風にしてみました。全体的に犯罪臭がするのは内緒だぞ。

シュメルとベラは早速リボンを緩めてボタンを外して風紀を乱し始めた。うん、まぁ狙い通りだよね。トズメは意外とカッチリとした服装が嫌いじゃないようで、しっかりと着こなしているな。うん、クール系。風紀委員長かな？

アイラはねぇ……うん、犯罪臭しかしない。女子高生をイメージした服装のはずなのに、良いところのお嬢様が通う小学校……これ以上はいけない。でもこれは良いものだと思いますよ。ええ。

「おっ、これは良いっすね。生地も頑丈そうで」

「森の中なら紛れられそうだねェ」

「荒野だとかえって目立ちそうだけど」

「似合う？」

「アイラには可愛い格好の方が似合うな。それはそれで可愛いけど」

「そう」

今度は頑丈な生地で作った迷彩服を着せてみた。うん、鬼娘三人が着ると似合うわ。アイラが着ると、なんか仮装した子供にしか見えないけど。

「いや、これは……」

「ちょ、ちょっと恥ずかしいっす」

「これはないんじゃない……？」

「似合う？」

「アイラには似合い過ぎてるくらい似合ってるな」

今度はリリカルでマジカルな感じのミニスカ魔法少女服を着せてみました。とりぷる☆鬼キュア爆誕。

シュメルはピンク系、ベラは赤系、トズメは水色系で。アイラは黒系にしてみた。どうにもシュメル達はこういうフリフリふわふわヒラヒラ系の衣装に忌避感《きひかん》があるようだ。別に変じゃないし、可愛いと思うけどなぁ。

「シュメル達って防具らしい防具をほとんど装備してないよな」

「あァ？　まァ、私達の体格に合わせて防具を作ると高くつくし、あまり重いと動きが鈍るからねェ。冒険者は兵士と違って長く歩くし、自分達が飲み食いする食料や水も運ばなきゃなんない。重い防具なんて装備してる余裕はないのさァ」

「なるほど。じゃあそういう服に防御効果があれば解決だな！」

「いや、もっとヒラヒラの少ない服にして欲しいっす。こんな衣装じゃ森とかに入ったら、あちこち引っ

掛けてすぐにボロボロになるっすよ」

「さっきの迷彩服？　とか、ああいうのが良いわね。虫とかヒルとかを避けるために肌の露出も控えたいし」

「ロマンがない！」

「冒険者稼業にはロマンがあるっすけど、実際の仕事そのものは地味でロマンの入る余地が無いくらいシビアなんすよ」

「世知辛《せちがら》いなぁ……ああそうだ」

　俺はインベントリから一枚の革を取り出した。一枚の、とは言っても非常に大きな一枚革である。

「この革で作ってやろうか、防具」

「デカい革っすね。何の革っすか？」

「ワイバーン」

「へぇ、ワイバーン……ワイバーン⁉」

　アイラの解説にトズメが仰け反った。

「ああ、グランデと出会ったソレル山地で襲いまくってきやがってな。まったく面倒な奴らだった」

「え、これコースケさんが狩ったんすか？」

「ああ」

「ワイバーンを狩るような人にあたい達の護衛って必要なんすかね？」

「こいつは甘ちゃんだから、コロッと騙されて拐《さら》われたりすんだよぉ」

「確かに人は良さそうですね。底抜けに」

シュメルの言葉にトズメが頷く。そんな彼女達をよそに、俺は周囲に視線を彷徨《さまよ》わせた。

「……そういやグランデは？」

グランデの姿が見当たらない。あれ？　いつから見失ってた？

「……そう言われると、ご飯食べてた時にはもういなかった気がする」

「マジで……？　まぁ、グランデは子供じゃないし、分別もある性格だから大丈夫だと思うが」

ここの住人は穏やかだし、滅多なことは起こらないだろう。しかし心配ではある。

「えーと、どうするかな。探しに行ったほうが良いよな」

グランデの保護者的な立場を自認する俺としてはそうするべきだと思うんだが、グランデも子供ではないし、この後方拠点なら迷子になってもさほど危険なこともなかろうし、と考えるとうーん……やっぱり探しに行こう。

「あたしらが探してくるから、あんたはここにいなァ。ハーピィ達と一緒に行動してて、入れ違いになるかもしれないしねェ」

「そうね。ベラは残って。護衛役が一人もついていないのは良くないから」

「そうっすか？　わかったっす。ここで待ってるっす」

「そうしなァ……その前に着替えるよ」

そう言ってシュメルはフリフリの魔法少女服から普通の服装に着替えるために家の中へと入っていった。そのまま行けばいいのに。間違いなく皆の注目の的だぞ！

「あー、どうすっかな。なんか落ち着かないな」

「慌てる必要はなにもない。コースケの言ったようにグランデは子供じゃないし、そもそもグランドドラゴン。少し放っておいたくらいで死んだり怪我をしたりすることはないから」

「そうっすよ。心配しすぎっす。案外子供に交じって遊び回ってたりするんじゃないっすか？」

子ども達に交じって遊び回るグランデ……違和感がなさすぎる。

「慌てても仕方ないか……そうだな、うん。じゃあワイバーンの革で防具でも作って待ってるか」

「私も欲しい」

「アイラに革鎧は要らないだろ……ああ、でも翼膜でマントを作ってみるか」

「ワイバーンのマント楽しみ」

「あの、ワイバーン革の装備って金貨が何十枚も飛ぶ装備なんすけど、わかってるっすか……？」

「大丈夫だ。自分で調達して自分で作る分には無料みたいなもんだから」

「そういう問題じゃないと思うっす……」

溜息を吐くベラをスルーしながら俺はゴーレム作業台のクラフトメニューを開いた。お、シュメル達の武器も出来上がっているな。戻ってきたら早速試してもらうとしよう。

◆　◆　◆

「ズルい。妾もコースケの作った服が欲しいぞ」

「そうですズルいです。私達もコースケさんの作った服が欲しいです！」

「わ、私も欲しいですわ」

「うちも羨ましいわぁ」

「……」

「わかった！　わかったから！」

　ワイバーン革の鎧やワイバーン翼膜のマントをクラフトメニューに入れたところで、翼ある者達が飛来して俺を取り囲んだ。そう、グランデとハーピィ達である。どうやら一緒に行動していたようで、グランデを探しに行ったシュメルとトズメよりも先に文字通り飛んで戻ってきた。そんなに衝撃的だったのか、俺が服を作ったのが。

「別に普段からでも言ってくれれば作るけどな……とは言っても君達の服はなぁ」

「む、何じゃ？」

「俺のクラフト能力を使いこなすには、作りたい対象をある程度正確にイメージする必要があるんだ」

「それがどうかしたのか？」

「……？」

　グランデが小首を傾げる。その横でエイジャも同じように小首を傾げる。ええい、可愛いじゃないか。

「つまりだな、俺の貧弱な想像力だと、今着ている服を基にちょちょいといじったような感じの服しか作れない。それでも良いなら作るぞ」

「それでも良いぞ！　妾もコースケの作った服がほしい！」

「そ、そうか。ええと、じゃあグランデの服を作る前にシュメル達の武器が出来上がってるから出しておこう。ベラ、二人が戻ってきたら使い心地を試してくれ」

「わかったっす。おお、これがミスリル合金の輝きっすか」

　ゴーレム作業台から武器三種を取り出し、ベラに預けておく。

「それじゃあ色々作ってみるか」

「可愛いのを頼むぞ、可愛いのを」

「難しいことを言うなよ……」

　今着てるホルターネックのシャツとスカートをくっつけてホルターネックドレスにして、スカート部分は後ろにファスナー……いやホックで止めるようにして完全に開くようにすれば行けるか？

　グランデは足もゴツイ爪が付いてるから、こう、足を通して穿くのが難しいんだよな。爪が鋭いから引っ掛けると服が傷ついちゃうし。

　フリルとレースを多めに。色は白と真っ赤の二色を作ってみよう。

「できたぞ」

「ふおぉぉぉぉ……早速着てくるのじゃ！」

「アイラ、一人じゃ着られないと思うから手伝ってやってくれ」

「ん、わかった。ここで脱いじゃダメ」

　アイラが早速ここで着替え始めようとするグランデを引っ張って家の中に入っていく。ここで服を脱ごうとする辺りは流石グランデだぜ。ドラゴン的には服なんて飾り以外の何ものでもないものな。

「で、次は……」

「「「……」」」

ハーピィさん達が爛々《らんらん》と輝く視線で俺を見つめていらっしゃる。君達はねー、どうしよっかなぁ！

フリフリした服は飛ぶのに邪魔になるからあまり好きじゃないよね、君達。

とはいえグランデほどに着るのに邪魔になるようなパーツは少ない。膝から下は鳥みたいな足になってるけど、足を閉じれば爪も隠れて人間の足首と殆ど大差ない細さになるし。肩から先は翼そのものだから、長袖の服とかは着られないけど。

「色々作ってみようか。ハーピィは長袖さえ避ければ割となんでも着られるもんな」

ノースリーブ――つまり袖さえ無ければ良いのだ。ノースリーブならワンピースでもドレスでもなんでも着られるし、ノースリーブの上着とホットパンツやミニスカートなんかを合わせても良い。あとは各人のサイズに合わせ、色やデザインを変えていけば良い。黙々と作り続ける。作った先からハーピィさん達やアイラが衣装を家の中に運んでいって着替えては出てくる。うん、そういえばピルナ達とアイラの体格はほぼ一緒だから実は同じ服を着られるね、君達。

そうしているうちにファッションショーを目撃した後方拠点の住人……つまり女性達のギャラリーが増え始める。この流れはマズいですよ！

「コースケ」

「はい」

「諦めも肝心」

「……はい」

獣人の皆さんにラミアさん、お子様かと思ったらドワーフの御婦人、リザードウーマン……ザミル女史。しれっと交ざらんでください。ああはい、作りますとも。ザミル女史には軍服とかが絶対キマると思うんですけどどうです？　え？　白いフリフリ……？

ふむ、作ってみましょう……意外と言っちゃ失礼かもしれないけど似合うな。

◆◆◆

「疲れ申した」

「お疲れ」

夕方頃になってやっと解放された俺は家の中でアイラに膝枕をしてもらっていた。俺に膝枕をしてくれているアイラは口許に微笑みを浮かべながら、小さな手で俺の頭をなでなでしてくれている。とても癒《い》やされる。

シュメル達の武器とワイバーン革の防具は調整は必要ないとのことだったので手がかからなかったのは良いのだが、押し寄せたご婦人方に服を作るのが大変だった。

「良いガス抜きになったと思う。ここは娯楽が多いとは言えないから」

「それもどうにかしないといけないよなぁ」

「そうだけど、それはここに住む彼ら自身が考えること。大丈夫、ここに住んで暫くすればそのうちに自分達で色々な催しを開いたりするようになる。今、まだ彼らは生きるのに必死なだけ」

「そんなもんかね」

「そんなもの」

コクリとアイラが頷く。アイラがそう言うならそうなのかな。でも、やっぱり何かしたいなぁ。

「そう言えば、ゴーレム通信の中継器の開発はどうなんだ？」

「もうじき完成する。どうして？」

「いや、開発が終わればラジオ放送を開始できるんじゃないかと思ってな。あれは十分娯楽になりえるものだから」

「ラジオ放送……確か、ゴーレム通信で各地の情報を伝えたり、歌や音楽を聞かせたりするやつ？」

「そうそれ。ニュースは些細《ささい》なものでも良いんだよ。例えばある町でこんな祭りが開かれたとか、ある街ではこんな食べ物が美味しいとか、ある街と村の間の街道で魔物が出現していたけど、解放軍の部隊が駆除して安全になったとか、そういう感じのものでいい。知らない土地の知らない情報が流れるのを聞いているだけでも楽しいもんだ」

「なるほど。確かに楽しそう」

「そうだろ？　研究が完成したら是非実現したいな」

まぁ、ラジオ放送にはそういう娯楽的な要素だけじゃなくて、軍事的な要素もあるんだけどな。プロパガンダを流したりね。この世界では識字率はそう高くないと聞いている。つまり、あまり教育が行き届いていないということだ。そんな国でプロパガンダ放送なんて流したら……うーん、危ないかなぁ。いや、上手く使えばとても有用な筈だ。危険性については実用化の目処が立ったらしっかりと説明することにしよう。

「妾もかまえー」

「おふぅ」

ずどーん、とグランデが長椅子に横たわっている俺の腹に突撃してきた。本気で突撃されたら長椅子ごと俺は吹っ飛んで真っ二つになっているところだな。守りの腕輪と、ちゃんと手加減してくれるグランデに乾杯だ。

「のうコースケよ。妾もこうして人の姿を得てお主に嫁いだわけじゃ」

「おう」

「なのにお主は妾にあまり触れようとせなんだな?」

「別にそういうつもりはないけど……」

アイラの膝枕から身を起こして長椅子に座ると、グランデが俺の目の前に仁王立ちした。仁王立ちしても椅子に座っている俺と大して目線の高さが変わらない。とってもミニマムなドラゴン娘である。

「いいや、そうじゃ。お主はシルフィともアイラともハーピィ達ともあの魔神種ともベタベタイチャイチャするのに、妾に対しては精々頭を撫でるくらいではないか」

「そう……か?」

そう言われればそのような気もする。あんまりハグしたりはしてないかもしれない。

「それに、妾以外とはその……ま、まぐ……その、もっと密接にイチャイチャしておるだろう⁉」

「ええ、それは、はい、そうですね」

「妾とアイラやピルナとはそんなに大きく体格も変わらんではないか⁉　なんで妾だけその……そういうことをせんのじゃ⁉」

「なんでと言われても……」

だってグランデだし……いや、可愛いけどね？　俺的にはグランデはペット枠というか癒やし枠なわけで。どうにもそういう気が起きないのだから仕方がないだろう。

「この前だって妾が寝ているフリをしている間に食い物と飲み物まで寝室に持ち込んでイチャイチャイチャイチャと……何故妾だけ仲間はずれにする？」

俺を見つめるグランデが涙目になってくる。なにか言わなければ、と思ったその時である。

「大丈夫、今回の遠征の目的はそこにある」

隣に座っているアイラさんがわけのわからないことを言い出した。ほわい？

「ここまで来たら暫く飛ぶ必要はない。ちょっと身体の調子がおかしくなっても大丈夫」

「待て待て、何の話だ」

「ドラゴンに効くかどうかはわからないけど、ちゃんと薬も用意してきた」

「何の薬⁉」

「私達も手伝いますから！」

「手伝いますわ！」

「旦那さんの弱いとこはばっちり把握してるから心配要らんよ?」

「……」

「わぁ急に会話に入ってきた!」

少し離れたテーブルに着いて何か話をしていたハーピィさん達も参戦してくる。そしてアイラがマントの内側から色とりどりの液体が入った薬瓶のようなものを取り出し、何か説明しながらグランデに見せている。やだ何あれ、虹色に輝くヤバそうな薬もあるんだけど。それ服用したら月までぶっ飛ぶヤバい薬なのでは?

「まだ晩御飯も食べてないし落ち着こう。な?」

「お腹が空いたら途中でコースケが出してくれればいい。問題ない」

「さぁ、今までグランデさんを待たせに待たせたんですから覚悟を決めましょう」

「待て、落ち着け、話せばわかる」

「問答無用」

抵抗しようとする俺の手首に魔法の手枷《てかせ》が嵌《は》められる。ふっ、愚かな。俺に状態異常系の魔法は効かな——あるぇ?

「魔力のないコースケに体内の魔力や魔力回路に作用させる類の魔法は効かない。でも、物理的な拘束力を持つ魔法に関してはその限りではない」

「は、謀《はか》ったなアイラ⁉」

「いつまでたってもグランデに手を出さないコースケが悪い。グランデ可哀想。連れて行って」

「はーい！」

「痛くしないから安心してなぁ」

「天井のシミを数えている間に終わりますわよ」

「……」


アイラの魔法で拘束された俺をハーピィさん達が寝室へと向けて引きずり始める。お、俺は屈しないぞぉ！　アイラの怪しい薬になんて、絶対に負けない！

◆　◆　◆

気合では薬には勝てない。中にはいくつか効かない薬もあったが、アイラは『やっぱり』とか呟いていた。アイラさん、どさくさに紛れて俺をモルモットにしたね？　覚えてろよ……！

で、今はどういう状況かと言いますと。

「んんー……あぐあぐ」

グランデは半ば覆《おお》い被《かぶ》さるようにして俺にぴったりとくっついて寝ていた。そして何故か寝ながら俺の左肩を甘噛み＆ぺろぺろしていた。見ればグランデが甘噛みしている辺りが赤くなって、微妙に歯型もついている。食べないでくださーい。

アイラ達はどうしたのかって？　わからないけどこの寝室にはいないな。先に起きたのか、そもそもこの部屋で寝ていなかったのかもわからん。昨晩は少なくとも途中まではいたと思うんだけど。

身動きしようとしたが、右足に尻尾が巻き付いている上に右足はグランデの下敷き、左肩はあぐあぐされているので首と右腕しか動かせない。

「グランデー、起きろー、起きてー、あと食べないでー」

「んんー……?」

呼びかけながらグランデの頭を撫でてやるとグランデが目を覚ました。いかにも寝ぼけていますというぼーっとした視線で俺の顔や眼の前の俺の左肩を眺めた後、よだれと歯型だらけの俺の左肩をぺろぺろと舐《な》め始めた。

「くすぐったいぞ」

言ってもぺろぺろが止まらない。完全に寝ぼけているようですね? と思っていたら、舐めるのをやめてくれた。

「んっ」

そして、何故か自分の左肩を俺の口許《くちもと》に差し出してきた。えっと? これはどういう?

「おなじにして」

「えぇ……」

「はやく」

ぎゅうううぅっと右足が締め付けられる。痛い痛い、尻尾の力強いな。仕方がないのでグランデの細くて白い肩口をグランデと同じように甘噛みしてやる。歯型がつかない程度に。

「もっとつよく」

「えぇ……」

「……」

「痛い痛い。こうか？」

歯型がつくくらいの強さで何度かグランデの肩に噛みつき、少し赤くなった肌を舐めてやる。ちょっと汗の味がするかもしれない。

「んふ……♪」

俺の左肩と自分の左肩に視線を彷徨わせてグランデがニヨニヨする。なんだろう、これは。なんだか妙に恥ずかしい感じがするぞ。

「起きようか」

「うん」

グランデが俺の右足の尻尾拘束を解き、俺の上から降りる。うーん、身体の節々が痛い気がするぞ。寝返りを打てなかったからか、それとも昨晩酷使したからか……両方か。意外なことに体力とスタミナのゲージは減ってないな。投与された薬の影響か……？

「みずあびしたい」

「風呂に入るか」

「ふろ？」

「水浴びみたいなもんだ」

一応下着だけ身につけて寝室から出ると、リビングにアイラとハーピィさん達がいた。どうやら朝食の準備をしてくれていたらしい。

「……ふむ」

「なるほど」

「やりますわね」

「ええなぁ。今度うちも真似しよ」

「……」

全員の視線が俺とグランデの左肩に集中する。やめて、恥ずかしいから。グランデはなんでそんなにドヤ顔をしているんだ？　ニヨニヨしているグランデの手を引いて風呂に入る。さっぱり。え？　汗とか色々流すだけだからそんなに長時間は入らないよ。朝だし、ご飯の用意もしてあったしね。風呂から上がったら服が用意されていたけど……何故パンツとズボンだけ？　俺に上半身裸で過ごせと？

「かくしちゃだめ」

「うん、ダメ」

「ダメですね」

「ダメですわよ」

「ダメやね」

「……」

これが同調圧力……ッ！　俺はそんなものには負け――はい。負けました。だって肩が隠れるような服を着ようとするとグランデが泣きそうな顔をするんだもの。仕方ないから朝からゴーレム作業台を使ってランニングシャツを作りましたよ。

「へへ……」

グランデはご機嫌な様子でアイラとハーピィさん達が作ってくれた麦粥《むぎかゆ》を食べている。麦粥とは言っても干しギズマ肉や野菜なんかも入った中華粥っぽいやつだ。ギズマ肉の出汁がよく出ていて美味しい。

朝食が終わったらザミル女史やシュメル達と合流する。今日も引き続き情報収集と休息の予定だ。夜に集まって情報を共有し、どこに探索に行くかを決める予定である。あと、昨晩作る予定だったザミル女史の短槍は今から作る。

「流石にあの中に入っていくのは野暮でしたので」

「はい」

ザミル女史の要求通りのミスリル鉄合金の短槍を作る。また刀身の長いものになるのかと思ったのだが、長さなんかはごく一般的な短槍の範囲内だった。

「あまり長くしても単に使いにくくなるだけなので。狭い場所での取り回しを重視する関係上、振り回すことは無いでしょうし」

「なるほど」

ただし、刀身は幅広で分厚い感じだ。頑丈さを優先したのか、それとも打撃力を優先したのか俺には判断しかねる。どうもザミル女史は特殊な刀身の槍がお好みのようだ。

「じゃあ、昨日に引き続き情報収集だけど……」

「私達は周辺を飛んで偵察してきます。今わかっている三箇所と、そこへの道を確認してきますね」

「あたしらは狩人や外回り組を捕まえて他にも怪しい場所が無いか聞くことにするよォ」

「私はコースケ殿の警護に着きます」

シュメル達は拠点内で情報収集、ザミル女史は俺に随伴《ずいはん》ね。

「私はオヴィスのところに行って、この拠点で何か困っていることはないか聞いてくる」

「オヴィス？」

「羊獣人の彼。ここのまとめ役」

「ああ、なるほど。じゃあ俺もついていこうかな？」

「妾もついていこう」

いつもの調子に戻ったグランデも俺についてくるらしい。まぁ、グランデはあくまで俺に協力してくれているだけで、解放軍のメンバーってわけじゃないものな。

今日の予定を確認した俺達はそれぞれ散って各々の目的地へと移動を始めた。俺は右手をアイラと、左手をグランデと繋いで、後ろにザミル女史という陣容だ。アイラは昨日と同じく俺の人差し指と中指を握っており、逆に俺はグランデの爪というか指の一本を握っている。両手に花とはこのことだな。

そういうわけで、まとめ役の羊獣人ことオヴィスのところにやってきたのだが。

「困りごとですか……」

「うん、何かあるならできる範囲で解決する」

「俺がいるから大体のことは解決できると思うぞ。建物関係とか、農地関係とか、拠点の拡張とか」

「コースケ」

「俺は俺の好きなように俺の力を使うよ、アイラ」

「……うん、わかった」

　アイラもシルフィも解放軍が俺の力に頼りすぎていることに忌避感を抱いている。確かに、一人の力に頼った組織なんてのは、とてもじゃないけど健全な組織とは言えないものな。でも、使えるものは使ったほうが良いと俺は思うんだよ。縛りプレイも嫌いじゃないけど、そういうのは一部の変態だけがやることだと思う。

「農地……農地ではないのですが……」

　少し考え込んだ後、オヴィスが口を開いた。もふもふの二足歩行羊って、なんか見てて可愛らしいな。声はなかなか渋いおじさんの声だけど。

「木材の調達がなかなかに大変なのです。黒き森から運んでくるにしても大変ですし、かといってこの辺りには木なんて生えていませんから。何度か黒き森から苗木を運んできて植樹も試しているのですが、拠点の外ではちゃんと水をやっても枯れてしまうのですよ。農地の周辺では育つのですが……」

「ああ、なるほど……荒野の緑化かぁ。それは大変——」

「でもない。コースケが耕した土地は荒野でも普通に植物が育つようになる。農地ブロックでなくとも。拠点建設の最初期に試した」

「そういやそうだったっけ。ああ、そうか。しかも今はこれがあるもんな」

そう言って俺はインベントリから一本のクワを取り出す。

・ミスリルのクワ＋9（自動修復、効率強化Ⅲ、範囲強化Ⅲ）

「え、なんですかその光り輝く高級そうなクワは」

「魔法のミスリルのクワ。コースケが振るうと一振りでおよそ一反の範囲が耕される」

「えっと……冗談ですよね？」

「残念ながら冗談ではない。実際に見ればわかる」

そういうわけで、俺達はミスリルのクワ＋9を担いでオヴィス他見学者の皆さんと一緒に拠点の外に出ることにした。

「緑化するとして、どこらへんから緑化する？　あまり城壁に近いのも良くないよな？」

「後々拠点を拡張することを考えると、少し離れていた方が良い」

「そうですね、少し歩きましょうか。この辺りは魔物除けの結界のおかげでギズマも殆ど寄ってきませんし」

他に何か問題となっていることなどが無いかヒアリングしながら歩くこと三十分ほど。今のところ喫緊《きっきん》の問題は無いようだが、ちょっと病気がちな人や腰を悪くしたお年寄りがいるそうなので、後でその人達を診ることになった。他には特に問題はないらしい。

「広い緑地ができれば放牧も捗りますね。畜産が捗れば食生活も大きく改善されますよ」

「ははは、任せておけ」

ここらへんでいいだろう、ということで早速ミスリルのクワ＋9を振るうことにした。

「そぉい！」

サクッ、とクワが地面に突き刺さる。次の瞬間、衝撃波のようなものが巻き起こって、横幅20メートル、奥行き50メートルほどの範囲が一瞬で耕された。その光景を見たオヴィスと見学者の皆さんが口をあんぐりと開いて愕然《がくぜん》としている。

「これを繰り返せばいい。耕された土は普通に作物が育つ土になっている。勿論普通の草も育つ」

「でも、この辺りはあまり雨が降らないんだろう？　水はどうする？」

土が良くなっても水がなければ植物は育たない。灌漑《かんがい》が必要だろう。

「方法はいくらでもある。拠点から水路を引いても良いし、水魔法を発動する魔道具を作っても良い。魔力結晶はいくらでも作れるから、ランニングコストも実質ゼロ」

「なるほど」

拠点内の水は複数の無限水源によって賄《まかな》われているから、その無限水源から水を汲み出せば良いか。拠点の中央には無限水源を使った城壁よりも高い給水塔があるから、そこから水を供給することもできる。アイラの言うように水魔法を使った魔道具を使う手だってあるだろう。

「水を撒《ま》く魔道具ってあるんだな」

「畑に水を撒くために魔道具を使うなんて贅沢なことは普通はしない。この拠点だからできること」

「じゃあ開発からか？　ならアイデアがあるぞ」

「そう？　じゃああとで聞かせて」

スプリンクラーみたいな魔道具があればいいだろう。魔法で水を生み出すなら配管は必要ないだろうから地面に突き刺す杭《くい》みたいな形にして、あとはヘッドの構造を工夫して魔力結晶を交換できるようにしてやれば……いや、一つ一つ交換するのは手間だから、何十本かをひと組にして魔力を通す導線で繋げて、親機の部分に魔力結晶を嵌めるようにすればいいかな？

いや、そんな面倒くさいことをしなくても一定間隔で無限水源の給水塔作れば良くね？　そのへんも含めてアイラと相談するか。

「とりあえず、耕しまくるか」

「うん、頑張って」

この後滅茶苦茶荒野を耕した。ぶっちゃけ耕すことそのものより移動するのが大変だったよ。

◆
◆
◆

「どっすかー？　気持ち良いっすか？」

「アーイイ……遥かに良い……」

古代の聖書探索のために後方拠点に来て二日目の夕方。俺はベッドに横になり、赤鬼族の冒険者ベラにマッサージを受けていた。後方拠点の周辺を緑地化するため、俺はそれはもう拠点の周辺を大いに走り回り、クワを振るいまくった。

　当然の帰結として大変疲れてしまったわけで、家に戻ってからぐったりとしていると情報収集から戻ってきたシュメル達がそんな俺を発見した。

『これだけ色々貰って何もしないってのもねェ』

「ベラ、マッサージしてあげたら？」

『私がっすか？　まぁいいっすけど』

　とトントン拍子に話が進み、気がついたら寝室のベッドに運ばれ、うつ伏せに寝かされてベラからマッサージを受けていた。程良い力で全身を揉《も》み解《ほぐ》されてとても気持ち良い。頭の中身が蕩《とろ》けて漏れそうだ。

　アイラとかグランデはどこに行ったんだっけ？　というか皆は今何をしているんだろうか？　あー、でも気持ち良くて何にも考えられねぇ。ベラの大きな手が決して細くはない俺のふくらはぎや太ももを掴み、ぎゅっぎゅと程良く圧迫する。血行が良くなっているのか、体中がポカポカとして温かい。寝そう。

「寝ちゃってもいいっすよー。ちょっと必要に応じて仰向けに転がしたりすることもあると思うっすけど、気にしないでいいっす」

「うぇーい……」

　気持ち良さに身を任せてそのまま意識を手放した。

「おはよう」

誰かに揺すられて目を覚ますと、薄闇の中で大きな瞳が俺の顔を覗き込んでいた。アイラだ。

「あれ？　ええっと……」

何故寝ていたのかを思い出す。ベラにマッサージをしてもらって、気持ち良くてそのまま寝てしまったらしい。居間から漏れてくる光で視界は確保できているが、もうとっくに外は真っ暗になっているようだ。

「悪い、打ち合わせだったよな。思いっきり寝てたわ」

「ん、大丈夫。もう終わった」

「終わった？」

「うん、打ち合わせ終わった。昨日言ってた北東の遺跡らしきポイントを掘ることになった」

「マジか……」

「コースケ疲れてたみたいだから。勝手に決めないほうが良かった？」

アイラが不安げな表情を見せたので、俺は首を振る。

「いや、問題ない。明日、寝過ごしたことを皆に謝らなきゃな」

気を遣ってくれたんだろうけど、集まって話し合いをしようと言った本人が眠りこけて会合をすっぽかすのは流石にダメ過ぎるだろう。明日になったらザミル女史やシュメル達にも謝らないとな。

「ごめんな、アイラ。そして気を遣ってくれてありがとうな」

「……ううん」

結果として俺が皆に謝らないとと考えたのが心苦しいのか、アイラの表情が曇る。そんなアイラの頭を撫でてから俺はベッドを抜け出してグッと身体を伸ばした。

「身体の疲れはだいぶ取れたよ。腹減ったからメシ食って、風呂入ってもう一眠りするかな」

「ん。コースケの晩ごはん作る」

両手に拳を握って気合を入れるアイラを引き連れて居間に移動すると、ハーピィさん達とグランデが何か楽しそうにおしゃべりをしていた。皆も俺の姿に気がついて挨拶をしたり、手（翼？）を振ってきたりする。

「おはよう。もう夜だけど。話し合いサボっちゃってごめんな」

「なに、気にすることはない。お主は昼間にとてもよく働いていたしの」

「そうですよ。空から見ても耕したところが一目瞭然でした。物凄い広さを耕しましたね」

グランデもハーピィさん達も俺を許してくれるようだ。実に申し訳ない。

その後はグランデやハーピィさん達と一緒に風呂に入り、風呂上がりにアイラの作ってくれた晩御飯を食べてすぐに寝た。晩御飯は軽めで、ほんのり甘い麦粥と果物、それにぬるめのミルクだった。すぐに寝るならあまり重いものをお腹に入れないほうが良いだろうというアイラの配慮だ。

そして大きなベッドの上で皆で身を寄せ合って眠る。ハーピィさん達の羽毛布団はとても暖かい。


翌日。

「昨日は申し訳なかった」

「や、別にいいよォ。新しい情報は南南西に不自然な岩場がある、くらいのものだったしねェ」

「そうですね。距離も遠いので、やはり北東の建物跡から発掘するほうが良いでしょう」

「や、なんか申し訳ないっす。本当にぐっすりだったんで、あたいも起こさないほうが良いって言ったんすよ」

「でも、良かったんじゃない。体力気力ともに充実してるって顔よ?」

朝になって、集合したシュメル達とザミル女史に頭を下げたのだが、皆快く許してくれた。体力気力ともに充実してるのはうん、昨日は本当に皆でくっついて寝ただけだったからだね。ああいう穏やかな夜というのもぼくは良いと思います。アーリヒブルグに戻っても是非実施して欲しい。

「それでええと、目的地は徒歩で約一日半だっけか」

「そうだねェ。今から出て一晩野営して、明日の昼頃には着けるんじゃないかねェ?」

「それじゃあ行くか。隊列はシュメル達が前、俺とアイラが真ん中、ザミル女史に殿《しんがり》を任せる形で良いかな?」

「あたしはそれで良いと思うよォ。ザミルはどうかね?」

「私もそれで構わないと思います。それにしても意外ですね、コースケ殿がこういった小集団で移動する時の定石《じょうせき》を知っているというのは」

「俺の世界にも色々とあるのさ」

冒険においてパーティで移動する際に前後に強力な前衛キャラクターを配置するのは、ＴＲＰＧとかでも定番のテクニックだからな。

あと、狼の群れが移動する時も、先頭を強くて若い個体、真ん中を弱い個体、後方にまた若くて強い個体、最後尾に一番強い群れのリーダーって感じで列を作って移動するらしいし。細かく言えば、最前列は経験豊富だけど老いている個体が歩いて行き、先の判断や全体の運動量のコントロールとかをするらしいけど、まぁそこは割愛だ。

ハーピィさん達の先導を頼りに進み、一時間半から二時間ごとに小休止を取って水分とカロリーを補給しながら進む。アイラは身体が小さい分歩幅が小さく、また相応に体力も少ないため途中からは俺が背負って歩く。本人は問題ないと主張したが、それを言ったらアイラを背負っても俺に負担は一切ないので無理にでも背負う。

「コースケ殿の移動は見ていると不安な気持ちになってきますね」

「全く揺れないから酔わないのはとても良い」

はい。コマンドアクションのWをイメージして足を殆ど動かさずに前進してました。基本的にずっと突っ立っているのと同じなので、普通の歩行速度で移動する分には全く疲れない。やろうと思えばなんちゃってムーンウォークとかもできちゃうぞ。

そんな感じで後ろから俺を見守るザミル女史の正気度を微妙に削りながら歩き続け、翌日の昼頃には目的地へと辿り着くことができた。

草の一本も生えていない荒野にゴロゴロと転がる岩や、砂礫《されき》。その中に明らかに人の手が入っている石材と思われるものが散見され、朽《く》ちかけた石造りの建物の跡が残されている。

「これかぁ……何の跡だろうな？」

「基礎も崩れているし、地上に残っている部分から想像するのは難しい。規模の大きな建物だったということくらいしかわからない」

俺の背中から降りたアイラがすぐ近くにあった石材らしき岩にペタペタと触る。ザミル女史は俺達の傍に控えており、シュメル達は遺跡の地上部分に何か危険なものや気になるものはないか早速探索を始めたようだ。

「まずは探索拠点を作るかね」

幸い、材料になりそうなものもそこらにゴロゴロと転がっている。折角だから有効活用するとしよう。

第四話 荒野で快適に遺跡発掘

さて、目的地に着いたぞということで、俺は早速この地に滞在するための拠点を作ることにした。やはり拠点と言えば安心と信頼の高床式であろう。敵が攻めて来ようとも、敵の攻撃が届かない高さに拠点があれば敵の襲撃に怯える必要は無いのだから。これ以上に安全なことはそうそうあるまい。

そういう意味では敵がこちらを認識することがそもそもできない地下拠点というのもまた安全なんだけどな。地下拠点はどうしても圧迫感というか、閉塞感がな……俺は地下拠点より高床式拠点のほうが好きだね。開放感があって。

今は辺りの瓦礫《がれき》をツルハシでガンガン回収し、それを再利用して柱を建てている最中だ。

「コースケ、畑も作るって言ってなかった？」

「言ったな」

「高床式の拠点でいいの？」

「問題ないぞ」

首を傾げるアイラに自信を持ってそう言って作業を進めていく。柱を立てたら基礎部分だ。原義通りのプラットフォームと言っても良い。

「広い」

「ああ、俺とアイラ、ハーピィさんにグランデだけでなく、ザミル女史やシュメル達も居るだろ？皆の分の宿泊所も作るなら、広くないとな。それに、広いと開放感があっていいじゃないか」

80メートル×80メートルの大きなプラットフォームだ。面積的にはサッカーのグラウンドより少し狭いくらいだろうか。俺達の居住スペースを作るのには十分な広さだ。

まず、中央に全員で食事を摂ることができる食堂をドンと建て、食堂を挟んで西側に俺とアイラ、ハーピィさん達にグランデが滞在する大きめの家屋を一つ、東側にザミル女史とシュメル達が住む家屋を一人に付き一つずつ。家屋と言っても、身体を伸ばして寝っ転がれるベッドと書き物机、椅子とちょっとした収納があるだけだけど。

中央に設置された食堂はただ大きなテーブルと椅子があるだけでなく、クッションを敷き詰めた空間や、厚手の絨毯《じゅうたん》を敷いて寝っ転がれるスペース、籐製の長椅子とローテーブルを置いたスペースなども用意した。食堂というか、リビングダイニングだなこれは。

「後は水場と風呂だな」

「水場は東西に、お風呂は北側に作る」

「で、南側を畑にか」

「ん」

この辺りの作業は慣れたものなので サクサクと作っていく。回収した石材だけじゃ足りないから、アーリヒブルグから持ってきたレンガブロックも併用する。トイレも東西に三つずつ作っておく。無限水源を使った水洗式で、プラットフォーム下部に作ったタンクに貯められるようにした。定期的に俺がタンクごとインベントリに収納して処分する予定だ。タンクごとインベントリ内に入れればそのまま解体できるからね!

そして南側に農地ブロックを置き、周りをレンガブロックで囲んで種を植えれば拠点は完成だ。植える作物は野菜の中で比較的消費の多いトマトっぽい作物やレタスっぽい作物を中心にしておく。グランデがハンバーガーをよく食べるから消費が多いんだよ……まぁトマトは使い道が多いし、レタスもサラダにするなら大体何にでも使えるから良いんだけども。他の野菜も適当に植えておく。

俺とアイラ以外の人員は遺跡の調査中だ。地下施設がありそうかどうかとか、何か有用なものがないかとか、地下への入り口があったりしないかとか。

「まだ皆が戻ってくるまでには時間があるだろうし、開発でもしようか」

「開発？」

食堂の長椅子に座ったアイラがこてりと首を傾げる。

「グランデに頼らない高速移動手段をな。馬車じゃ通りにくい不整地も走破できるようなものを作ってみたい」

「それは楽しそう。考えはある？」

「無いこともないんだが……」

そう言って俺はインベントリからノートを取り出し、自動二輪車のスケッチを見せる。スケッチとは言っても、俺はあまり絵心が無いので本当に簡単なスケッチだが。

「俺の世界ではこういう乗り物が使われていた。手元のこのハンドルを捻《ひね》ると、ここにあるエンジンというものが動力を生み出してこの車輪を動かすんだ」

「ふむ……エンジンというのをゴーレムで代用すれば作れそう。でも、これは部品点数が多くて製造も整備も大変そう」

「それなんだよな。基本的にこの乗り物はボルトアクションライフルに使うような弾丸が量産できるようになった後に開発されたものなんだ。今のこの世界だと多分部品を作れるのは俺だけだから、作ったとしても他の俺の世界の武器やなんかと同じで、この世界で普通に使うのは難しい」

「ん。でも発想は面白い。普通、乗り物というのは馬車か馬。後は馬のように乗ることができる騎乗《きじょう》動物。コースケの言うこの乗り物は、動物に頼らず、動力を積むことによって乗り物単体で動けるようにしている。これはとても画期的」

「動物に牽《ひ》かせるとなると、乗り物を牽く動物の食料や水も積まなきゃならないものな」

俺の言葉にアイラは大きく頷いた。

「そう。でも、動力を動物に頼らないならその分多くの荷物を積めるようになる。交易にも軍事的にもこれはとても利便性が高い」

「コストの問題はこの際横に置いて考えよう。というか、動物以外の動力となると、まぁゴーレムってことになると思うし、そうなると動かすためのコストは魔力ってことになるよな」

「ん、そうなる。魔力を動力とするとなると、魔物から取れる魔石《ませき》や、それを加工した魔晶石、あとは後方拠点で製造している魔力結晶がある。今となってはどれも調達はそんなに難しくない」

魔石や魔晶石は日々魔物を討伐している冒険者や解放軍の兵士から供給されているし、魔力結晶は後方拠点でどんどん製造中だ。無尽蔵に溢れてくる魔力を物質化するという反則じみた方法で。

「それじゃあ具体的な仕様を考えるか。どの程度の性能を求めるかってことだな」

「ん。まず、不整地の走破能力」

「そうだな。そもそもの目的だものな。次点は馬車よりも速いことか」

「搭乗可能人数は？」

「最低二人、最高六人くらいで考えよう」

「荷物の積載量は？」

「とりあえず二頭立ての馬車と同じくらいを目指す方向で」

「となると、大きさも二頭立ての馬車と同じくらいの幅と長さで考えないとダメ」

「そうだな。あまり横幅が大きいと既存の街道で使えないしな」

　こんな感じでアイラと一緒に意見を出し合い、仕様を決めた。

・不整地走破能力を持つ。
・動力は魔力を使う。
・搭乗人数は二人から六人。
・積載量、大きさ共に二頭立ての馬車と同じ水準とする。

「こんなところか」

「うん。じゃあ、まずは不整地走破能力について」

「そもそも、馬車が不整地走破能力を持たないのは何故だ？　ということを考えよう」

「ん。不整地だと容易に車輪が埋まったり、大きめの石とかを踏んづけたりして車軸が折れたり、車輪が外れたりする」

「つまり、足回りの脆弱性《ぜいじゃくせい》が問題なわけだ。これを解決するには……壊れにくい素材にする？」

「鉄とか？　物凄く重くなる。重くなったら地面に埋まってまともに動かなくなる。コースケの世界ではどうしてたの？」

「あー、車輪を太くして柔らかくて弾力性のある素材で覆って、車軸も金属製にして、その上で摩擦を最小限にするための機構を車軸に組み込んで……って、この方向だと俺がスケッチで見せた二輪車と同じ問題にぶち当たるな」

「ん、そうなる。だから、大きく発想を変える必要があると思う」

「ふむ、発想を変える……そもそも地面と接しないとか？」

「どういうこと？　空を飛ぶ乗り物？」

「いや、そこまで飛ばなくても良いんじゃないか。地面と接しない程度、20センチか30センチくらい浮けば地面の影響は受けないだろ？　馬車くらいの大きさの大きな板を少し浮かせて、風の魔法か何かで前に進むとか。言うなれば陸上を走る船みたいな感じで」

　俺の脳裏に浮かんでいるのはホバークラフトだ。あれなら平地でも荒野でも沼地でも川の上でも走れるだろう。あまり凸凹の激しい場所での走行には向かないかもしれないが、魔法のある世界ならどうだろうか？

「レビテーションという魔法がある。ただモノを浮かせるだけの魔法で、あまり使い途《みち》がない。モノは浮かせられるけど、その魔法で移動ができるわけじゃないから。重いものを動かす時に役立つくらい」

「あるじゃないか、良い魔法が。後はそれに風魔法の魔道具でもつけて推進力を持たせれば良いんじゃないか?」

「ん……でも魔道具化してバランスを保てるかどうかわからない。魔法として使う場合は術者がバランスを取っている。魔道具にした場合も同じようにバランスを取れるかはわからない」

「うーん、高さの調整とかはできるのか?」

「魔力量で調整できる。上下移動は割と簡単」

「なら、板の四隅にレビテーションの魔道具とゴーレムの目をつけて、四隅で地面との距離を一定に保つようにゴーレムコアで制御してやれば良いんじゃないか? 地面から離れすぎた場合は魔道具に供給する魔力を減らして、近づきすぎた場合は魔力を増やすようにしてやる。そうすればある程度平《へい》衡《こう》を保てるんじゃないだろうか」

レビテーションの魔法が傾きを検知して補正することができないなら、ゴーレムを使って制御してやればなんとかなりそうに思う。問題はブレーキだが、進行方向と反対に風を噴射するのと、地面に強制接地するかしないとダメかもしれないってところか……まぁ、そもそも不整地走破用の乗り物だし、そこまで厳密なブレーキは必要ないかもしれないけど。

「ん……やってみないとなんとも言えない」

「まずは実験機を作ってみようぜ。小さいの」

「ん、実験は大事」

そういうわけで、俺とアイラは座布団ほどの大きさの木の板を使って実験をしてみることにした。

俺とアイラの二人だけで開発するのは難しいだろうが、まぁ色々やってみるのは良いことだと思う。

最終的には是非エアバイク的なものでも作ってみたいものだ。エアバイクとかエアボードは男のロマンだよな。

◆　◆　◆

失敗は成功のもと、と言う。

失敗したらその原因を反省し、方法や欠点を改めることによって最終的な成功に繋がる、といった感じの言葉だ。つまり、何が言いたいのか？　わかるね？

「うぅ……ヴォエッ」

「コースケ、ファイト」

「こ、これくらい……おろろろろ」

「コースケばっちい」

最近乗り物と相性が悪い気がする……いや、乗り物の開発にこういうのはつきものなのかもしれないけれども。

結論を言うと、板の四隅にレビテーションの魔道具をつけることによって板が大きく傾くような事態は避けられた。ただ、四隅に高さを測定するゴーレムアイをつけて、地面から一定の距離を保つように補正をし続けるのはダメだ。

舗装された道路のようなまっ平らなところを移動するなら何の問題も無いが、荒野を移動したら、それはもう嵐に揉まれる船のように揺れまくった。五分でグロッキーである。

俺とアイラは失敗にめげず改良を続けた。ゴーレムアイによる補正の頻度を下げてはどうか？　センサーの位置を四隅ではなく、前後左右の四箇所にしてはどうか？　センサーの位置はむしろ中央の一箇所で良いのでは？　っていうかセンサー要らなくね？　ということに気がつくのに時間がかかりすぎた。

そう、そもそもセンサーによる補正など要らなかったのである。

このレビテーションという魔法、いくら移動しても最初に発動した場所を基準として魔力量に応じた高さを維持するようにできていたのだ。魔法そのものに高度の基準点を記憶する術式が込められていたのである。わざわざ四隅にセンサーを設置してリアルタイムで高度の基準点を更新し、傾きを補正する必要など無かったのだ。

つまり、浮かせたい物体のバランスを保てるように四隅にレビテーションの魔道具を設置し、初回起動時の基準点の測定位置となるセンサーを乗り物の中央下部に配置。そして魔道具に流す魔力量を均等にして、制御する機構だけをつければ良かったのである。

とんだ遠回りの上、骨折り損のくたびれもうけだった。

「レビテーションはあまり使ったことがなかったから……ごめん」

「いや……結果的に成功したから良かったじゃないか。レビテーションの魔法の原理を再確認できたわけだし。でもこれ、高い山の上とかで使ったらどうなるんだろうな？」

「さぁ……？　やったことがないからわからない」

高い山の上でレビテーションをかけて麓に向かって移動したら、頂上の高度を保ったまま移動することができるんだろうか……？　レビテーションを使った地点が基準点になるなら理論上は……やってみないとわからんな。そう上手くはいかなそうな予感がする。

「とにかく、これで揺れず、地面の影響を受けない荷台を作れたわけだ。これだけでも重量物を運搬する道具として使えそうだな？」

「ん、地面との摩擦が無いだけでも随分違う」

実際、座布団サイズのこの実験装置に重量物を載せてみたのだが、アイラでも軽々と荷物を移動させることができた。ただ、積載重量が大きくなるとそれだけ消費魔力が多くなるので、重量物の輸送中に突然魔力が切れてしまったら大事故が起こりかねない。何らかの安全装置を付ける必要があるだろうな。

「次は推進装置だな。これには腹案がある。ただ、アイラの協力が必要だ」

「勿論協力する」

「うん、ありがとう。宮廷魔道士のアイラの協力が不可欠なんだよ。風魔法ってあるじゃないか？」

「うん」

「風魔法の中にはただ風を吹かせるような魔法も勿論あるよな」

「ある。一番簡単な風魔法がこれ」

アイラが俺に指先を向けると、その指先からそよ風が俺の顔に吹き付けられた。

「うん、そうそう。そういうの。それってどうやって発生しているんだろうな?」

「?」

俺の言葉にアイラが首を傾げる。

「いや、風っていうのは空気の流れだろう? まさか指先から空気が発生してるわけじゃあるまいし、恐らく周りの空気を集めて指先から放出してるんじゃないかと思うんだよ。ちょっと指先から風を出し続けてくれるか?」

「ん、わかった」

煙や小麦粉などを使って色々と実験をした結果、風魔法はやはり周りの空気を集めて指先や杖《つえ》の先などから噴出させているということがわかった。

「私は真理を知った……知っているつもりで私は何も知らないということを」

「まぁ、魔法を普通に使う上では別にどうでもいいことだろうし多少はね? しかし、ふぅむ」

一部の風魔法が周りの空気を集めて一定方向に放出しているということはわかった。え? わかんなかった魔法? 不可視の風の刃《やいば》を放つ魔法とか、圧縮空気弾を飛ばす魔法とかは俺の知識では理解が及ばなかったよ……あれどういう原理なんだ? 全くわかんねぇ。

とにかく、俺が今回検証したのは指先や杖の先から風を放つ魔法である。これは周りから空気を集めて、一定方向に放出する魔法だ。原理的にはジェットエンジンと同じものである。しかし、ジェットエンジンとは明らかに違う点がある。

「やっぱりおかしいよな」

「何がおかしいの？」

「いや、強風の魔法とか、俺が吹っ飛ばされる勢いの風が吹くじゃん？」

「ん。更に上の風圧の魔法だと文字通り吹っ飛んだ」

「うん。アレは痛かった……ってそうではなくてだな。人一人を吹っ飛ばす程の魔法を使っているのに、アイラは何故吹っ飛ばないんだ？」

「……？」

周囲から空気を取り込んで噴流を形成しているのだから、そこには必ず反作用が発生しているはずである。作用反作用の法則を考えれば、噴流を発射しているアイラも吹っ飛ばないと理屈が合わない。この世界でも運動の第三法則が正常に機能していることは確認済みである。ということで、アイラに作用反作用の法則を説明して、アイラが吹っ飛ばないのは理屈に合わないと説明すると。

「……魔法だから？」

「諦めんなよ！　諦めんなよそこで！　どうしてそこで諦めるんだ！」

「そんなことを言われても」

そういうものだから、で納得してしまったらそこで終了である。いや、今のままでも推進力を得る方法はあるんだけどね？　エアボード（今命名した）に帆でも立てて、そこに風魔法で風を吹き付ければ陸を走る船の完成だ。でも、この風魔法の不思議を解明することによって、より高速で、効率の良い推進装置を作れるはずなのだ。

「つまり、風魔法には反動を相殺《そうさい》するような術式が組み込まれているんじゃないかと思うんだよ。ほら、ハーピィ達やグランデみたいなドラゴンだって風魔法で飛ぶじゃん？　でも、普通の風魔法の常識で考えるとおかしいんだろ？　あれ」

「ん、おかしい。魔力効率が明らかに……そういうこと？」

「お気づきになられましたか」

つまり、俺が言いたいのはそういうことだ。ハーピィさんやグランデのように魔力を使って空を飛ぶ種族が使っている飛行方法の秘密は多分これなのだ。彼女達は驚くほど少ない魔力消費で長時間空を飛ぶことができている。彼女達の飛行に魔力が関わっていることは明らかで、それが風魔法であるということもわかっている。

でも、魔法の常識から考えると彼女達が飛べるのはおかしい。風魔法で身体を浮かせるほどの出力を維持し続けるとなると、魔力の消費が激しすぎてそんなに長時間は飛べないはずなのである。ドラゴンに至ってはあの巨体だ。いくらドラゴンの保有魔力が人族より抜きん出ているとしても、悠々《ゆうゆう》と飛び続けられるものなのか？　その答えがこれだ。

「……大丈夫？」

「……想像以上の威力だったな」

暫く瞑目《めいもく》して何かを考えた後、改良した強風の魔法を撃ってみるとアイラが言うので、俺はふかふかの藁《わら》ブロックを後方に設置し、更にアイラを後ろから支えた状態でアイラに新魔法を試させた。

その結果、俺とアイラの身体は見事に後方にぶっ飛んで藁ブロックに激突した。

「コースケと一緒にいると新しいことがどんどんわかって楽しい」

「そう言われると悪い気はしないけど、くれぐれも気をつけてくれよ。今回は恐らく反作用でぶっ飛ぶだろう、ということがわかってたから事前に対策ができてたんだからな。他の魔法を弄《いじ》って発動させて大事故なんて起こさないでくれよ？」

「ん、わかってる。まだまだ真理の探求には程遠いけど、これでも私は元宮廷魔道士。しかもコースケより年上のお姉さん。心配は要らない」

頭に藁屑《わらくず》をつけたままアイラが小さな胸を張る。まぁ、アイラは思慮深い方……だよな？　たまに熱中すると周りが見えなくなるからな……心配だ。

「とにかく、これで推進装置の目処が立ったな。後は構造だが……まぁ最初は単純な筒状で良いか」

もっと適した形があるかもしれないが、とりあえずは筒状で良いだろう。

「この筒の中で反動除去術式を除いた風魔法を発動させれば良い？」

「うん。それでいい。噴出方向を反転させることってできるか？」

噴出方向を反転させられるならブレーキとして使えるかもしれん。ブレーキの問題はどうするかなぁ。まずは物理的に地面に接触……いや、空気抵抗を使ったエアブレーキもアリか？　いや、機構というか、それだけの空気抵抗をどうやって得るんだよ。まずは普通に接地式のブレーキでいいや。

「可能。レビテーションの魔道具と同じく、出力も調整できるようにする」

「左右で別々に出力を調整できるようにすると良いかもな。出力差で旋回できると思う」

「ん、わかった」

後方に方向舵《ほうこうだ》もつけると尚良いかな。左右の出力差と方向舵を連動させればより良いかもしれん。

この辺は研究開発部に丸投げしても良いな。

アイラに推進用の魔法道具を作ってもらっているうちに、俺は接地式の原始的なブレーキ機構やそれらを載せる車体を作っていく。車体って言っても座布団サイズの木の板から二畳くらいの大きさの木の板に変えて、四隅にレビテーションの魔道具をつけただけだけど。

「できた」

「それじゃあ出力調整のゴーレムコアと操縦機構を作っていくか」

操縦機構と言ってもそんなに複雑なものにするつもりはない。左右のレバーで車体の左右につけた風の魔法道具……名前をつけたほうが良いだろうか。正式名称はそのまま風魔法式推進装置で良いよな。とりあえずの呼称は推進装置でいいや。

左右のレバーで左右の推進装置の出力の調整をできるようにする。前に倒せば前進、倒せば倒すほど出力上昇、後ろに倒すと後退。左右のレバーを外側に倒すと上昇、内側に倒すと下降、下降することによって機体が地面に接地してブレーキにもなる、と。

「……ちょっと不格好」

「試作機ゆえ致し方なし」

図らずも試作機のデザインが某青い猫型ロボットのタイムマシンに似たような感じになったのは決して狙ったわけではない。高速で移動するなら操縦者を風や飛来物から守る風防も必要となるだろうし、デザインも洗練されていくだろう。あくまでも実験装置だからね、これは。

「よし、早速試運転だ」

「気をつけて」

「任せろ」

即死しなければ大丈夫だろう。こっちに来てから意外と頑丈になってるみたいだし、俺。

まずは起動スイッチを押して各魔道具に魔力の供給を始める。そうしたら次は左右のレバーを外側に倒し、機体を地面から浮かせる。

「とりあえずここまではよし」

「ん、ちゃんと浮いた」

「まずは上下移動を試そう」

左右のレバーを内側、外側に倒して試作型のエアボードを上昇、下降させる。特に問題はないようだ。

「よし、問題なし。では風魔法式推進装置の試験を始めるぞ」

「ん」

既に単体での実験は成功している。というか、推進力が強すぎて一号は遥か彼方に吹っ飛んでいってしまった。探しに行くのも面倒なので無かったことにした。黒き森の方に飛んでいったから、少なくとも聖王国の連中に機密が漏れることはあるまい……はい、迂闊《うかつ》でしたすみません。

それはさておき、左右のレバーを前に倒す。出力の調整についてはレバーを倒す角度に応じて四段階に出力を変えられるようにした。

「おー、良いぞ良いぞ」

「ちゃんと動いてる」

最低出力でふよふよと荒野を移動する。最低出力だと人が歩くのと同じくらいのスピードが出るようだ。左右の推進装置の出力に差をつけることによって旋回もできるな。

「よし、速度を出してみるぞ」

「ん、気をつけて」

両方のレバーをもう一段階前に倒すと、駆け足くらいの速度になった。むむ、旋回すると慣性《かんせい》で割と横滑りもするし、精密な操作には慣れが必要だな、これは。

高速航行の為に試作機の高度を上げる。岩とかにぶつかって痛い目に遭うのはごめんなので。

「うおー！　はえぇ！　いてぇ！」

高度を上げて一気に最高の四速に入れてみると、想像以上に速かった。軽く時速50キロは出てると思う。顔に感じる風も強いし、何より吹き付けてくる荒野の砂塵《さじん》が顔に当たって痛い。やはり乗り物自体に風防か、搭乗者が身につけるゴーグルやマスク、フルフェイスのヘルメットなどが必要だ。

それを実感してから速度を落とし、アイラのところに戻った。

「次は私が乗る」

「それは良いけど、三速までにしといたほうが良い。風が顔に吹き付けてきてキツいし、砂塵が顔に当たって痛い」

「大丈夫。魔法で防ぐから」

「その手があったか！」

風防なんて取り付けなくても風の防壁魔法でどうにでもなるのか。本体に組み込めば良いかな。しかし魔法で防ぐか、その発想は俺には無かったわ。

アイラが試作型エアボードに乗って荒野の向こうに走っていく。ふむ、アイラは運転が丁寧だな。ハンドルを握ると性格が変わるタイプの人ではなかったらしい。

暫くして戻ってきたアイラはとても満足げな表情をしていた。

「これは良いもの。これが量産された暁《あかつき》にはこの世界の旅行に革命が起きる」

「交通事故には気をつけないとだぞ……馬車よりもスピードが出るから、大事故に繋がる恐れがある」

「確かに。それに、もし聖王国の連中に鹵獲《ろかく》されたりしたら模倣される恐れがある。技術そのものはこの世界のものを利用しただけだから」

「そうだな……まぁ、広く使われるようになれば、そうなるのは仕方がないと思うけどな」

「ん。でもこの……」

「試作型エアボード」

「試作型エアボードに使われている技術には軍事利用できるものもあるし、試作型エアボード自体も簡単に軍事転用できる。気をつけないと」

「そうだな」

風魔法式推進装置とか、あれを槍に組み込んだら発射装置なしでバリスタ並みの威力を出すこともできるんじゃないだろうか？　勿論、速度と飛翔時の安定性を考えると形状は工夫する必要があるだろうけれどもさ。

火薬とかの爆発物とか、爆発の魔法を込めた魔道具と組み合わせれば強力な武器が出来上がりそうだ。俺も対戦車ロケット砲は作ってあるけど、弾頭の推進力に関して言えば風魔法式推進装置の方が、この世界の技術で作るなら技術的にも材料的にも低コストかもしれん。

「それに、風魔法の反動を消していた術式……これも知られると危ないかもしれない」

「危ないって？」

「まだ確信はない。ただ、新たな魔法が作れるかもしれない」

そう言ってアイラは考え込んでしまった。反動を消去する魔法か……原理はわからないけど、確かに何かに使えそうな感じはするな。

◆　◆　◆

「なんすかこれ⁉　なんすかこれ⁉」

「俺とアイラが作った新しい乗り物の試作品だ。試作型エアボードと名付けた」

試作型エアボードを前に大興奮するベラと、それをなんとも言えない表情で見ているシュメルとトズメ。ザミル女史も興味深そうに試作型エアボードを見ているな。

「これ、乗り物なんですか？」

「確かに座席みたいなものはついてますわね」

「これがどうやったら動くんやろねぇ？」

「……？」

「乗り物……妾のお株が奪われる……」

ハーピィさん達は少し遠巻きにして試作型エアボードを見ているようだ。わかってるね、君達は。試作品というものは本当に試しに作ったもので、安全性はあまり考慮されていないということがよくわかっている。

そしてグランデ、そんなに絶望した表情をしなくていいから。別にそういうつもりじゃないっていうか、自分の価値を乗り物的な方面に見出さなくていいから。

どうしてこんな騒ぎになっているのかというと、新しい魔法について考え込み始めたアイラが動かなくなってしまったので、俺は俺でゴーグルなどの開発を進めていたのだ。そうしたら遺跡やその周辺を調査していた皆が戻ってきて、試作型エアボードを発見。今に至る、と。

「どれ、実際に動かしてみせようか」

そう言って俺はゴーグルとマスクを装備し、試作型エアボードを起動してゆっくりと辺りを走り始めた。

「おおおお！　なんかすごいっす！　ふわっと浮いてスス－ッと動いてるっす！」

実に直感的な説明をありがとう。接地していない分、地面との摩擦が無いからなのか、ある程度速度が出ると慣性でかなり移動できるなぁ。空気抵抗を軽減できる風の障壁魔法を組み込んだら、かなり燃費良く長距離を移動できるんじゃないだろうか？

というか、レビテーションはホバーのような方法で浮いているわけじゃないみたいなんだけど、どうやって浮いてるんだ、これ。質量を誤魔化しているのか？　それとも反重力的な方法なのか？　物体に浮力を与えているのか……？

謎だ。魔法だから細かいことは考えないほうが良いんだろうか？　考えるな、感じろ的な？　なんかアイラが俺の能力に対して『不条理』と言う気持ちがわかってきた気がする。魔法って不条理だな。アイラにこんな事を言ったら全力で腹パンされそうだが。

皆のところに戻ってきて逆噴射も使いながら速度を落とし、接地してブレーキをかける。やっぱブレーキが問題だなぁ。

「こんな感じでな。不整地での高速移動ができるようにと作ったんだ。見ての通り叩き台は出来上がったから、後は細々《こまごま》としたところを詰めていくってところだな」

「あたいも乗ってみたいっす！」

大興奮といった様子でベラが手を挙げる。ええ……これ試作品だから安全性とか微妙だし、壊されたら困るから遠慮して欲しいんだけど。

「……」

物凄くキラキラとした目で見られている。こう、キラキラした期待の眼差しを向けられるとなぁ。

「……ぶつけるなよ」

「大丈夫っす！」

「絶対にぶつけるなよ。試作品なんだからな」

「大丈夫っす！」

意気揚々と試作型エアボードに乗り込んだベラに操作方法を教えてやる。ふんふんと聞いているが、ちゃんと理解しているのだろうか？　とても不安だ……いや、レバー二本だけだし、前に倒すか後ろに倒すか両方外に倒すか内側に倒すかしかないんだから大丈夫だよな。

「もう一度言うぞ、絶対にぶつけるなよ。フリじゃないからな？　絶対にぶつけるなよ⁉　安全運転で行けよ⁉」

「大丈夫っす！　じゃあ早速行くっす！」

「あ、バカ⁉　いきなり両舷全力にするやつがあるか！　もっと高度を上げろ！」

試作型エアボードの左右に設置された推進装置から勢いよく風が噴き出し、物凄い勢いで加速して、ベラの乗った試作型エアボードが発進していった。そして……。

「ウワーーーーーッ⁉」

「あああぁぁぁぁぁぁぁぁ⁉」

もののみ事に岩に接触してクラッシュした。発進からクラッシュまでその間十秒弱のことであった。

◆◆◆

「うぅ……許して欲しいっす」

「は？」

「うぅ……」

首から『私は貴重な試作品を壊しました』と書かれた木札を提《さ》げ、ミニスカメイド服を着せられた駄鬼《だき》が地面に直接正座をしたままベソをかいていた。俺はその横で大破した試作型エアボードを修復中である。

普段滅多に怒ったりはしない俺であるが、今回の件ばかりは流石におこである。激おこである。再三注意を促したというのにこのザマである。許されない。ミニスカメイド服を着せて地面に直《じか》に正座をさせるくらいでは罰が軽すぎるのではないだろうか？　下に砂利でも敷いて膝に重石《おもし》でも載せようかな？

「コースケさんがここまで怒っているのは初めて見るかもしれませんね」

「そりゃァ、怒るだろォ……」

少し離れたところでピルナとシュメルがこちらの様子を窺《うかが》っている。

試作型エアボードの大破状況は……まぁボード本体の破損はなんてことはない。所詮《しょせん》木の板だ。ただ、左側の推進機と、推進機に魔力を伝達する回路がぶっ壊れたのが面倒だった。

まぁ修復自体はね、鍛冶《かじ》施設の修理機能で修理できるみたいだから良かったんだけどね。時間はかかるけど。

「あのな、ぶっ壊したことそのものにも俺は怒っているが、それ以上に危なかったから怒ってるんだよ、俺は。当たったのが岩だったから良かったが、その先に居たのがアイラやハーピィさん達だったら即死してた可能性だってあったんだぞ。それに、乗ってたお前も危ないんだよ。投げ出された先に岩があったら大怪我してたところだ。打ちどころが悪かったら死んでたかもな」

私は貴重な
試作品を
壊しました。

「面目《めんぼく》ないっす……」

小柄で華奢《きゃしゃ》なアイラやハーピィさん達だと、冗談でも何でも無く即死してた可能性も本当にある。あれだけ注意したのにまったくこの駄鬼ときたら。

やはり高速移動できる乗り物を作るのはやめたほうが良いだろうか？　あちこちで重大な交通事故が発生する未来が見えるな。馬車と同じように扱ってくれれば良いんだが、馬車よりお手軽にスピードが出るからな……もし量産して解放軍に配備するなら、教習所と免許制度が必要かもしれん。

「まぁ、修理はなんとかなりそうだから良いや……お前はしばらくそこで正座な。で、探索の方はどうだったんだ？」

「空から探索して見た限りでは、地下への入り口のようなものは見当たりませんでしたわ」

「やっぱ掘らなきゃダメみたいやねぇ」

「なるほど。地上探索班はどうだった？」

「遺構を確認しましたが、かなり大きな施設だったようです。後方拠点がかつての王城であったことは間違いない筈なので、そこから徒歩で約一日半から二日の距離と考えると、衛星都市か、宿場町か何かの跡かもしれませんね」

「王都内の施設ってことは……まぁ考えづらいか」

「流石に距離がありますから。防衛施設かとも思いましたが、防衛施設だったら当時のエルフが徹底的に破壊していると思いますので、遺構が残っているということは違うかな、と。同じ理由で領主館などの政治的な施設でもないと思います」

「なるほど」

　ザミル女史の報告に納得して頷く。確かにあの長老達は防衛施設とか領主館なら容赦なく破壊しそうだ。流石に手心を加えそうなのは……孤児院とか病院、教育施設とかだろうか？　それならもしかしたらお目当てのものが見つかるかもしれないな。

「少し地下を探ってみたが、人工的な空間と思われるものがいくつかあったぞ。グランドドラゴンである妾ならそういうのを見つけるのはお手の物じゃ」

　ザミル女史の言葉に続けてそう言い、グランデが胸を張った。なんでもグランドドラゴンであるグランデは地中に存在する空洞を見つけることができるソナーのような能力を持っているらしい。

「とはいえ、やはり古いせいか脆《もろ》そうなものも多くての。妾はあまり繊細な作業には向かぬから、掘り返したりはしなかった。でも、目印は立てておいたぞ」

「おお、それは凄いな。でかした！　流石はグランデだな！」

「むふふ、そうじゃろうそうじゃろう。頼れる妾をもっと褒めても良いのだぞ？」

　トテトテと近づいてきたので角の生えた頭をぐりぐりと撫でてやる。どうやら嬉しいらしい。尻尾がビッタンビッタンと地面を叩いている。グランデはわかりやすくて可愛いな。

「今日の晩飯はチーズバーガーだな。デザートにクリームとジャムたっぷりのパンケーキもつけてやろう」

「本当か⁉」

「ああ、本当だ」

「やったー！」

グランデがその場でくるくると回って喜びを顕《あらわ》にした。そして俺は回転する尻尾にぶん殴られて吹っ飛ばされた。とても痛い。

「ごめんなさい……」

「は、はは……なんのこれくらい。次から気をつけような」

なんか肋骨《ろっこつ》からやばい音が聞こえた気がするが気の所為《せい》だろう。呼吸しても痛くないし。この世界に来てレベルが上ってからというもの、俺の身体も大概人外じみてきているから、高速で治癒している可能性が否《いな》めないんだよな。生存者スキルで回復速度も上がってるし。

念の為あとでライフポーションを飲んでおこう。

「こっちも拠点の整備は一通り終わった。見ての通り、結構大規模な高床式の拠点だな。各柱に梯子《はしご》があるから、それで登ってくれ」

ギズマは梯子を登れないからな。人間相手だと全部の柱に梯子があるのは良くないんだが、ここに攻めてくる人間も居ないだろうし利便性重視だ。

皆を案内して上に上がる。放置は可哀想なので駄鬼も上がらせてやる。一番最初に。

「ははァ、随分可愛らしいのを穿かされたねェ」

「猫ですかね？」

「うぅ……屈辱っす」

「別に見たいものでも無いんだけど……」

全員に可愛らしい猫のバックプリント付き下着を鑑賞された駄鬼が食堂の隅っこでいじけていた。罰はこれくらいで良いだろう。流石に飯抜きとかそういう類の鬼畜な所業をするつもりはない。今日一杯はミニスカメイド服で過ごしてもらうがな！

後は軽く施設を案内して今日の作業は終了である。皆には装備を外してもらって楽な格好で休んでもらう。荒野のど真ん中だと何が起こるかわからないということで、皆武器だけは手放さないみたいだけれども。

アイラはどうしたかって？　よくわからないけどアイラはずっとブツブツ言いながら新しい魔法を考えていたよ。なにか画期的な魔法を考えつきそうって言ってたけど、どんな魔法ができるのかね。

◆

◆

◆

グランデの好物で夕食を終えた翌日、俺達は朝から発掘作業を開始した。

昨日の夜？　穏やかな眠りでしたよ、ええ。アイラは考え事に没頭していたし、ハーピィの皆は疲れていたし、グランデはお腹いっぱいになっておねむだったからね。なかなか寝ようとしないアイラを寝かしつけたら皆で一緒に朝まで安らかにスヤァでした。

「さて、掘るか」

「任せるよォ」

「任せるっす」

「任せるわ」

「任せます」

「任せる」

「手伝うぞ！」

この状況で手伝うって言うグランデマジ天使。天使なので頭をなでなでして飴《あめ》ちゃんをあげよう。

でもグランデは加減が利かないからやっぱやめような。俺がやるからおとなしく飴ちゃん舐めててくれ。

まずはミスリルのシャベル+9でざっくりと大まかに掘る。このシャベルは横幅20メートル、奥行き50メートル、深さ1メートルの土を一気に掘り返してインベントリに納めるというとんでもない性能を持っているのだが、加減が効かない。場合によっては埋蔵物が、その上にある岩塊《がんかい》などで押し潰されたりする可能性もあるので、ざっくりとした用途にしか使えないのだ。

そういうわけで、色々な素材で付与をしたシャベルセットを作っておいた。

ミスリルのシャベルに魔煌石で付与を行ったのがミスリルのシャベル+9なわけだが、付与に使う素材を魔晶石や魔石、魔力結晶に変えたり、ミスリルではなく魔鉄や魔鋼、普通の鋼のシャベルに付与を行うことによって様々な範囲に対応したシャベルを作ることができたのだ。

ザックリと掘ってはグランデとアイラに地中の調査をしてもらい、目的の人工的な空間に向けて掘り進めていく。

「なんか凄いものを見てる気がするっす」

GC GOT A CHANCE NOVELS
最新情報
https://gcnovels.jp/
2021
February
2
共和国編最終決着！
乙女ゲー世界はモブに厳しい世界です
07
三嶋与夢
イラスト／孟達
マリエにヘタレと罵られても尚、リオンはノエルとの微妙な関係を続けていた。さらには、カイルとユメリアの親子関係もうまくいっておらず、あげくにルクシオンとリオンとの間にも剣呑な空気が漂う。そんなギスギスとした空気を、無機質な目が見つめていた。そしてイデアルは、リオンに復讐を誓うセルジュと共にクーデターを開始する。
好評発売中!!
B6判／定価:1,200円＋税

「あれどうやってやってるのかしら……」

適宜《てきぎ》ショートカットキーに登録しておいた各種シャベルに持ち替えながら作業をしていると、その様子を見ていたベラとトズメが何故か驚愕していた。何に驚いているんだろうか。

「あの能力を使えば戦闘中に間合いの違う武器を次々に持ち替えて戦えるでしょうね」

「剣から槍、槍から斧、斧から短剣、短剣から両手剣にノータイムで切り替えて戦われると厄介《やっかい》だろうねェ……」

「コースケ殿が武術を修めればきっと一角の戦士になりますよ」

そういう予定はないです。銃があるのに何故わざわざ段平《だんびら》を振り回さなければならないのか。俺は二十一世紀にもなって銃剣突撃する某国の兵士じゃないんですよ。よほど接近されない限り近接武器の出番なんて無いから。俺にはマシンピストルもショットガンもサブマシンガンもアサルトライフルもあるんですよ。

実はミスリルショートソードをショートカットに登録しているのは秘密だけど。射撃武器が充実しても近接武器を手放せないのはサバイバーの性《さが》なんだ……。

「お、どうやら当たりだぞ」

シャベルの力によって明らかに人工物と思われる石材が顔を出した。慎重に土を掘って侵入口に程良い場所までの道を作る。

「頑丈そうな石壁っすね。どうするんすか？」

「そんなの決まってンだろォ？　コースケ」

「あいよー」

ミスリルのツルハシ＋9を振りかぶり、掘り出した壁に穴を空ける。これくらいの石壁は一振りだ。

がこん、と道が拓《ひら》けた内部は暗く、見通しは全く利かない。明かりが必要だな。

「アイラ？」

「ん、照明の魔法を使う」

アイラが何かを呟くと、ソフトボール大の光球が発生してふよふよと内部へと漂っていった。石壁の回廊である。どうやら俺達は回廊の壁に穴を空けて入ってきたようだ。

「さァて、目的のモンはあるかねェ？」

「どうかな。あると良いんだが」

「まだ入っちゃダメ。毒気が充満してたりしないか魔法で調べてる」

そう言うアイラの手元では色のついた光の玉や魔法陣のようなものが乱舞している。あれでどうやって情報を把握しているのかは全く理解ができないが、アイラ曰く、あれで内部に有毒ガスや有毒なカビ、胞子の類などが充満していないか調べられるらしい。魔法のちからってすげー！

そのうち、俺も毒素の探知機とか作ったほうが良いだろうか？　コンパクトサイズにできたら冒険者に需要がありそうだよな。いや、ガスマスクでも作ったほうが手っ取り早いか？　魔法と組み合わせたら水中探索まで行ける全環境対応の防毒呼吸マスクとか作れそうだな。

「終わった……けど、内部に魔力反応が多数」

「おお？　お宝っすか？」

「オミット王国時代の魔道具の可能性も確かにある。でも、動いているものも確認できた。この遺跡内部は完全な閉鎖環境だったはず。つまり、魔物だとすると」

「アンデッドの類ですか」

新造のミスリル合金の短槍を携《たずさ》えたザミル女史が牙を剥き出しにする。怖いって。でもそれ笑ってるんだよね？

「恐らくは。もしくはゴーレムとか竜牙兵とかの魔法生物の類」

「ふむ、竜牙兵か……ドラゴンの牙を元にして作った操り人形じゃな？」

守りの腕輪を外したグランデがそう言って凶悪な爪の生えた手をにぎにぎしている。最近は加減もできるようになってきたらしく、近接戦闘は問題なくこなせるようになったらしい。魔力を扱う攻撃の類は未だにコントロールが甘いらしいから、閉鎖空間で使うのは禁止である。

本当はハーピィさん達と一緒に地上で待っていてもらおうと思っていたのだが、地上に残っていても暇だということでついてくることになった。

ちなみに、今回の遺跡探索パーティは俺とアイラ、ザミル女史に鬼娘三人、それとグランデという構成だ。狭い地下では爆発物も使えないし、飛べるわけでもないのでハーピィさん達はお留守番である。畑の世話をしておいてくれるらしい。

「さ、突入前に装備の確認だ。確認が終わったら突入するよォ」

「了解」

シュメルの発言に全員が返事をして各自突入前の最終チェックを始める。

今回の俺の装備はシュメル達の装備と一緒に作っておいたワイバーン革の鎧一式にサプレッサー付きのサブマシンガン、それにポンプアクション式のショットガンだ。一応ミスリルのショートソードも持ってきている。

今回持ってきたサブマシンガンは油を差す工具の愛称がつけられたハンバーガーの国のサブマシンガンである。口径は45口径、装弾数は30発。細い鉄製のストックが特徴的で、箱型のロングマガジンはそのままフォアグリップとして使うことも可能だ。

低初速の45口径弾とサプレッサーの相性は良く、消音効果は抜群である。今回に関しては別に隠密《おんみつ》性《せい》を求めたわけではなく、石壁に囲まれた閉鎖空間でバンバンと銃声を鳴らすと俺の耳も痛くなるし、周りにも大迷惑なこと間違いなしなので、わざわざサプレッサーをつけて消音仕様にしたこいつを選択したのだ。

本当は９ｍｍ弾を使用するもっと先進的なやつを使いたかったのだが、コストの関係でこちらの方がずっと安かったからな……流石大量生産に特化した設計なだけはある。45口径弾は攻撃力も十分なので、アイラの護衛と援護、そして自衛に徹するとなるとこれ以上の選択肢はなかなか見当たらなかった。

ショットガンに関しては割愛だ。撃ったらそれはもう盛大な音が鳴ること請け合いなので、よほどの緊急事態でもないと発砲するつもりはない。そもそも、優秀な前衛が四人もいるんだからこれを撃つ機会はまずないはずだ。

それなのにちゃんと用意してしまう辺りも万が一に備えるサバイバーの性なんだ。許して欲しい。

できる備えをしないでおくのは気持ちが悪くてな……一応、より強力なアサルトライフルやロケットランチャーもショートカットには入れてあるけど、やっぱり撃つことはないと思う。

え？　ショットガン用のサプレッサー？　作れることは作れるみたいだけど、コストがね？　アサルトライフル用のサプレッサーとかサブマシンガン用のサプレッサーとか拳銃用のサプレッサーに比べると何故かコストが五倍以上するのだ。何故にＷｈｙ？

「それは何？」

トズメが俺が手にしている消音仕様のサブマシンガンに視線を向けて首を傾げる。見慣れない武器に興味津々であるようだ。

「高速で金属の鏃《やじり》を連射できる弓みたいなもんだ。俺の世界の武器だな」

「ああ、銃ってやつね。どんな感じなのか興味があるわ」

「俺も実際の使い心地を確かめたいから機会があったら撃つさ」

銃弾も特別仕様を用意してあるから、単純な物理攻撃が効かないアンデッドにも効果はあるはずだ。何せミスリル銀合金で被覆《ひふく》したフルメタルジャケット弾だからな。ミスリル銀合金は硬度も高く、伸展性も下がるため、普通の銀に比べるとジャケットの材料としての実用性はかなり上がっている。

ただ、特別仕様のミスリル銀ジャケットの弾丸はマガジン五本分、つまり合計１５０発しか用意してきていないので、できればアンデッドではなく魔法生物に出てきて欲しい。切実に。

「しかし、魔法生物が配置されている地下施設なんてそうそうあるものですか？」

「当時のオミット王国は戦時下で、戦争末期はかなり治安も乱れていたという記録がある。盗賊対策に魔法生物を配置していた施設は結構多かったみたい」

「なりふり構わないエルフの攻撃に治安の悪化かぁ……地獄だなぁ」

ザミル女史の疑問にアイラが答え、俺がその説明に当時の様子を想像してげんなりする。

「でも、ここにいるのが魔法生物とは限らない。むしろ生き埋めにされて餓死なり脱水なりで死んだ苦しみと恨みでアンデッド化した元住人の可能性のほうが高い。その方が自然」

「うげぇ……アンデッドは苦手なんすよね。たまに武器での攻撃が効かないやつもいるじゃないっすか」

「コースケに新調してもらった武器なら大丈夫だろぉ。全部魔鋼やミスリル合金になってんだから」

魔鉄や魔鋼、そしてミスリルやその合金製の武器は所謂『通常武器無効』な魔物に対してもちゃんと効果を発揮するらしい。そういう意味でアンデッドを相手にすることもある遺跡探索者にとっては、とても価値のある武器であるのだという。

「私の魔法もある。問題ない」

アイラがパチリと魔法の火花を散らしてみせる。普段はあまりそういう様子は見せないから忘れがちだが、アイラはアイラで強力な破壊魔法を行使することのできる元宮廷魔道士なのだ。単純な攻撃力で言えば俺をも凌《しの》いでこの中で一番なんじゃないだろうか。

「妾に任せておけばアンデッドも魔法生物もちょちょいのちょいじゃぞ」

グランデも自己主張をする。確かにグランデ一人でアンデッドでも魔法生物でもワンパンだろうな。ドラゴンの爪牙《そうが》は特に何もしなくても霊体だろうが通常武器無効の化物だろうが引き裂くらしいし。

ドラゴンぱねぇ。

「装備の確認はいいねェ？　んじゃ行こうか」

そう言ってシュメルが一番に遺跡に足を踏み入れ、その後に続いて俺達も突入を開始する。

さぁ、ダンジョンアタックの始まりだ。

Different world
survival to
go with the master

第五話
荒野の地下でダンジョンアタック

ゾンビ。

それはサバイバーにとっては馴染み深い存在だ。多くのサバイバル系のゲームで敵役を務める非常に使い勝手の良いキャラクターである。

概ね歩く死体という描写であることが多く、最近はのたのた歩くだけでなくスプリンターも顔負けの速度で走ってくるようなやつも多い。俺としては走ってくるタイプは邪道だと思う。ゾンビの恐怖というものはその『数』と『噛まれたら一発アウト』という二点に集約されていると考えているからだ。

走るゾンビが怖いのは、ゾンビはノソノソと歩くものだ、という常識が前提にあり、その常識が破られる事による驚愕と恐怖という面が強いと思う。要は、ノソノソと歩くゾンビという正道があっての走るゾンビという詭道《きどう》ということである。

いきなり何の話だって？　ここまで話せばなんとなく想像はつくだろ？

「走るゾンビなんてクソ食らえだ！　オラ滅びろやぁぁぁぁぁ！」

カカカッ、カカカッ、という乾いた音と共に亜音速で発射された鉛弾が、走り寄ってくる動く死体を撃ち倒す。

「コースケ、これは動死体《ゾンビ》じゃない。屍食鬼《グール》」

押し寄せてくるゾンビ――ではなくグールに雷撃の魔法を浴びせながらアイラが間違いを指摘してくる。そんなこと言ってもお父さんは騙されませんよ。感染者だとかランナーだとか変異者だとかグールだとか、ゾンビという言葉を使わなければ許されると思いやがって。

「コースケさんのあの武器、めっちゃ強くないっすか？」

「至近距離で長弓《ちょうきゅう》を連射するようなものですからね。強力な武器です」

ベラが斧で、ザミル女史が短槍でそれぞれグールを叩き斬り、刺し貫きながら、俺が発砲しているサプレッサー付きサブマシンガンの評価をしている。君達、余裕あるね。

「しかし数が多いねェ……」

「どうやってこんな状況になったのかはあまり考えたくないわね」

シュメルとトズメはそれぞれ金砕棒とウォーハンマーを振り回してグール達を薙《な》ぎ払っていた。なんでもこのグールという奴らは主に餓死した人族の成れの果てなのだという。それがもう既に二十体近く……トズメじゃないが、本当に何が起こったのかなんて考えたくもないな。

「しかし、ここは何の施設だったのかね……？」

撃ちきったマガジンを交換し、発射準備を整える。このサブマシンガンの箱型マガジンには30発の銃弾が入るようになっているが、調子に乗ってガンガン撃っているとすぐに撃ち尽くしてしまう。このサブマシンガンはフルオート射撃しかすることができないので、引き金を引きっぱなしにせずに点射を心がけるのが重要だ。フルオートで弾をバラ撒いても無駄になることが多いしな。

「なかなか広大な地下施設。収容人数も多い。これだけの人が生き埋めになって餓死するというのはなかなか特殊な状況。この地下施設は避難壕か何かとして使われていたのだと予想できる。ただ、上に建てられていた遺構が何なのかは見当もつかない」

「これだけの人数がいて脱出することができんとは。軟弱だのう」

凶悪な爪でグールを引き裂き、強靭《きょうじん》な尻尾でぶっ飛ばしながらグランデが呆れたように呟く。確かに、これだけの人数がいれば力を合わせて土を掘って脱出することもできたんじゃないかと思うよな。

「土魔法を使えば簡単に外に出られたんじゃないのか?」

「多分。でも、エルフ達を警戒して潜伏しているうちに不測の事態が起こったのかもしれない。真相は闇の中」

「どこかに手記でも残っているかもしれませんね」

最後の一体を始末したザミル女史が短槍を振って血糊を切る。グールが身に纏《まと》っている、殆ど原型を留めていないボロ布を使って更に血糊を拭う辺り、かなり手慣れてるなぁ。

「怪我はしてない?」

アイラの問に皆が口々に無事を報《しら》せてくる。アイラが言うにはグールの爪や牙には毒があるらしく、ちゃんと解毒しないと体が痺れて動かなくなったりするのだそうだ。そして動かなくなったところを生きたまま……というのが対グール戦における負けパターンらしい。

「意外と凶悪だな、グール」

「身体能力は一般人より少し高い程度で、訓練を受けた兵や冒険者なら難なく倒せる。でも決して油断して良い相手じゃない」

俺にも効くのかね、その麻痺毒《まひどく》。うーん、こんなに沢山押し寄せてくるならマフィア御用達のドラムマガジンを使えるサブマシンガンの方が良かったかもしれないな。狭い場所での戦闘になりそうだったから今回の採用は見送ったんだよなぁ。今度作っておくとしよう。

「グールの死体って何か使い途があるのか？」

「爪や牙から取れる毒は使える。上手く調整すれば麻酔薬にもなる。あとは稀《まれ》に何か金目の物を身に着けていることがある」

「なるほど。一応回収しておくか」

閉鎖空間に大量の死体を放置しておくのは色々とまずいからな。そのうちこの地下施設も何かに使うかもしれないし、できるだけ綺麗にしておくに越したことはないだろう。

何かに使う可能性なんて今の所思いつかないけどな。後方拠点からも遠いし。

「内部は荒れてるねェ……こりゃ戦いの後じゃないかねェ？」

回廊を移動していくつかの部屋を見て回るが、調度品が破損している部屋が多く、どうにも争いの形跡と思われるものも散見される。

「仲間割れでもしたんすかね？」

「閉じ込められて食料や水が少なくなれば内部抗争が起こる可能性も十分ありえますね」

「地獄絵図じゃねぇか……」

そして最後は仲良く餓死して、死後もグールとして何百年も彷徨うとか……あまりにも悲惨な末路に身震いする。

「コースケ」

「おう」

部屋の中のガラクタを片っ端からインベントリに収納していく。何をしているのかと言うと、こうすることによって探索を一気に終わらせているのだ。俺のインベントリの中に入れてしまえばそれがどんなものなのか、名前だけはわかるようになる。

今回はそれを利用して部屋の中のものを全てインベントリに収納し、脱出後に仕分けするということに決めたのだ。なんだかんだいって一番時間がかかるのはこういう部屋の探索だからな。ゴミだったら後でまとめて処分すればいいいし、修復する価値のあるようなものであれば鍛冶施設で修理するという手もある。修理に関しても予約さえ入れておけば寝ている間、あるいはこうして探索している間にも進んでいくのだから、修復するものの数やそれにかかる時間などは考慮する必要もない。

無論探索を進めていけば――

『GYOAAAAAA!』

という感じでグールとかその他諸々のアンデッドが出てくるのだが。

「ふんっ!」

「せぇい!」

「はっ!」

「シッ!」

「うりゃあ!」

シュメル達三人に加えてザミル女史とグランデまでいるので、殆ど出オチ状態で現世から即退場である。この地下施設に侵入してすぐにあった大広間での戦闘以来、俺とアイラの出る幕はまったくない。

「グランデ様は流石ですね」

「うむ、そうじゃろうそうじゃろう」

今回、一人で部屋に突入して一瞬で四体のグールをミンチにしたグランデをザミル女史がヨイショしている。リザードマン・リザードウーマン的にはドラゴンという存在は崇敬《すうけい》の念を覚える存在であるらしく、ザミル女史は何かにつけてグランデを構っていることが多い。

「似たような広さの部屋が多いな」

「ん、砦か何かみたいに見える。もしかしたら軍事施設だったのかもしれない」

「地下軍事施設か……エルフがそんなものを見逃すかな？」

「エルフは大雑把《おおざっぱ》。特に長老達の世代は」

「……そうだな」

反論の余地がなかった。まぁ、軍事施設だと決まったわけではないが、それに準ずる施設である可能性は高いか。少なくとも、個人レベルでこんな広大な地下施設を運用していたとは思えないし。

「これだけ大きい施設なら、蔵書庫とか偉い人の部屋に本がありそうだよな？」

「可能性はあるねェ。問題は、それがどこなのかがわからない上に、あちこち瓦礫で埋まってる箇所があるってことかねェ」

「瓦礫に関してはコースケ殿にかかれば何の障害にもならないでしょう」

「瓦礫の撤去は任せろー」

「妾にも任せるが良いぞ」

グランデも瓦礫の撤去に名乗りを上げる。確かに守りの腕輪を外したグランデは力も強いし、ちょっとした重機並みの働きができそうではあるな。

そんな話をしながら進んでいくと、正面に両開きの大きな扉が見えてきた。トズメが扉に罠がないかどうかを確認し、アイラが魔法を使って内部の様子を探る。

「結構強い魔力の反応がある。今までのグールよりも強いアンデッドがいるかも」

「ん、そうかい。じゃァ、ちょいと気合を入れていくとするかねェ」

シュメルが金砕棒を肩に担ぎ、獰猛《どうもう》な笑みを浮かべた。その横に短槍を構えたザミル女史も並ぶ。

どうやら二人で突入するらしい。この戦闘、勝ったな。

◆
◆
◆

ベラとトズメが左右から扉を蹴り破り、シュメルとザミル女史が疾風の如き速さで部屋に突入していく。俺とアイラ、グランデもその後に続くと、部屋の中は中々に広い空間だった。

施設管理者の応接室兼執務室といったところだろうか？

『よくぞここまで辿り着い——ちょ、ま……ああアァァＡＨＨＨＨＨＨ⁉』

そして、執務机の前にいた禍々《まがまが》しいローブ姿の人物が速攻でシュメルに金砕棒でぶん殴られ、床にべしゃりと潰れたところをザミル女史の短槍でザクザクと突かれまくっていた。

『痛い痛いすごく痛い⁉　まって！　タンマ！　ストップ！　降参するから許してプリーズ！』

「なんか命乞いしてるよォ？」

「構わん、やれ」

「はいよォ」

　こいつが友好的な存在だというなら俺達が道中グールに襲われる前に警告するなり、ここに来るまでに話しかけるなり、いくらでも事前にコンタクトを取る方法があったはずだ。

　それなのにここでふんぞり返って待ち受けている辺り、絶対にまともなやつじゃない。

『あぁぁぁぁぁぁぁ待って待って待って！　何かお探しなんですよね⁉　お役に立ちますよ！』

　振り上げられた金砕棒を見て黒ローブが悲鳴を上げる。役に立つという言葉を聞いてシュメルだけでなくザミル女史も攻撃の手を止め、俺にちらりと視線を向けてきた。どうしますか？　ということだろう。

「どう思う？　アイラ」

「リッチの言うことなんて信用できない。消滅させたほうが良い」

「ほう、リッチ。俺の認識ではリッチというのはアンデッド化した古代の強力な魔法使いって感じなんだが、合ってるか？」

「合ってる。コースケの世界にもいた？」

「いや、想像上の存在だな」

　絶対に存在しなかったと断言することはできないが、魔法というものが無かった世界だし、まぁいなかっただろう。

『大丈夫！　大丈夫です！　リッチとは言っても死者の指輪で成った即席リッチですから！　雑魚《ざこ》リッチですから！　実際安全！』

「と言ってるが？」

「死者の指輪は装着者が死んだ時に自動的にリッチにする古代の遺物、と言われている。ただ、今までにその存在が確認されたことはない」

『これ！　この指輪がそうです！　嘘じゃないです！』

ローブ野郎――リッチが、差し出した右手の中指（骨）に嵌っている黄金の指輪を見せてくる。なるほど。

「興味深い。没収する」

『取られたら消えちゃうから！　消えちゃうから許してください！　なんでもしますから！』

「ん？　今何でもするって言った？」

『え？　はい』

リッチが顔を上げて俺の方を見てくる。うん、ガイコツだ。目の奥に青い炎の灯ってるガイコツだな。こいつ、信用できるのだろうか？

「じゃあ、お前の目的を話せ。何のために死者の指輪とやらを使ってリッチになって、こんなところに引き篭《こ》もっていたんだ？」

『えっと、クソエルフどもがオミット王国に攻めこんできたんですよ』

リッチは石の床に正座をして語りだした。オミット王国には正座の文化があったのだろうか。

「それは知ってる。それで？」

『それで、ここは死んだダンジョンを利用した避難壕でして、周辺住民の中でも私を始めとした地位の高いものがここに避難したんですね』

死んだダンジョン？　気になるワードだが、なんとなく意味はわかるからここはスルーしておこう。話が進まないし。

「お偉いさん専用の避難壕ってことか。で、それがどうして大量のグールとリッチが蔓延《はびこ》るダンジョンになったんだよ」

『出入り口がエルフ共の爆撃で潰されまして、救助を待っていたんですが救助は来ず、次第に備蓄食料も尽きて内部抗争がですね……で、私は一応ここの責任者だったんですが、割と真っ先に殺されまして』

「それでリッチになったと」

俺の言葉に正座したリッチが頷く。

『はい。ただリッチになった直後に殺された怒りと恨みではっちゃけてしまいまして』

「何をしたんだ」

『ついカッとなって残りの食料と水に呪いをかけて生存者同士で殺し合いをさせてしまいました』

「思いっきり行動が邪悪じゃねーか！　やっぱ消滅させたほうが良いんじゃないかこいつ」

「それがいい」

アイラが俺の言葉に同意して頷く。他の面子《めんつ》も同様の反応である。そりゃそうだよな。

『待って待って！　じゃすとあもーめんと！　それで、見ての通り私を殺した奴らはグールになったわけですが、長い年月、奴らがグールとして彷徨っているのを見ているうちに恨みと怒りも収まったんですよ』

「恨みとかがなくなったらこういうアンデッドって消滅するもんじゃないのか？」

「普通はそうじゃな。だが、こいつは普通のアンデッドではないからのう」

いつでもリッチに飛びかかれる体勢を維持したまま、グランデが答える。グランデの言葉にリッチも頷いた。

『はい。死者の指輪の効果で消滅することもなく、理性を取り戻したわけです。でも、自分で死者の指輪を外して消滅する勇気も無く……』

「それであれか、ダンジョンマスターごっこをすることにしたのか」

『はい。まぁ暇だったので大体休眠してましたが』

「なるほど……どう思う？」

「理性があってもリッチはリッチ。危険なアンデッドには変わらない。消滅させたほうが良い」

「私もアイラと同意見ですね」

「アンデッドは世の理《ことわり》に反した存在じゃ。消滅させるのが理に適《かな》っておるのう」

「あたしは難しいことはよくわかんないけどねェ。でも生かしておく理由も無いんじゃないかい？」

「あたいはわかんないっす。ただこいつは信用できないっす」

「ダンジョンマスターごっこと言っても、下手すれば私達はグールに引き裂かれていたわけよね。殺意を向けてきた相手に同情する余地はないと思うけど」

同行者達の意見はリッチに厳しかった。まぁアンデッドだしね。突然本性を現して生者を襲わないとも限らないし、わざわざ生かして――生かして？　おく理由もないか。安全に制御する方法でもなければ。

「安全にこいつを飼う方法は無いんだよな？」

「腐ってもリッチ。従属させるのは無理」

「奴隷の首輪とかも無理か？」

「無理。というか、死者の指輪なんて持っている人物が倫理観に溢れる善人であるわけがない。死霊魔道士なんてどいつもこいつも外道《げどう》」

『酷い差別だ⁉』

「死霊魔道士自身が積み上げてきた世間の評価。実際お前も私達にグールをけしかけた。反論の余地はない」

アイラが恐ろしく冷たい目でリッチを見下ろす。うーん、残当《ざんとう》。

「じゃあ、そういうことで」

『くっ……！　こうなったら……！』

キッと俺を見たリッチの目が怪しく輝く。なんじゃらほい？

『ふはははは！　油断したなバカどもめが！　その男の意識は我が乗っ取った！　その男の命が惜しくば――』

「今、何かしたか？」

『……へっ？』

リッチが唖然とした表情を浮かべる。いや、なんか目がピカピカしてたけど何かされたのか？　意識を乗っ取ったとか言ってたから催眠とか洗脳とかそんな感じのことでもやったのかね。

「多分何かの精神魔法。洗脳か催眠か強制。魔力のないコースケには効かない」

「なるほど……つまり俺に攻撃したわけだな」

俺がリッチに視線を向けると、リッチは媚《こ》びるような笑顔を俺に向けてきた。ガイコツでも笑顔って浮かべられるんだなぁ。

『ど、どうかお許しを……』

「私は許そう」

俺は努めて笑みを浮かべた。俺の笑顔を見たリッチが安堵の表情を浮かべる。表情豊かなガイコツ野郎だ。

「だがこいつが許すかな？」

俺はミスリル銀ジャケット弾を装填《そうてん》したサブマシンガンをリッチに向け、引き金を引いた。

『ぎゃあぁぁぁぁぁぁぁぁぁっ⁉　化けて出てやるからなぁぁぁぁっ⁉』

正座をしていたリッチがミスリル銀ジャケット弾の連射を受けてバラバラになっていく。やっぱりマフィア御用達のマシンガンを作っておけば良かったたな。

バラバラになったリッチの右手の中指の骨から死者の指輪を引き抜き、骨をインベントリに入れておく。

「化けて出るも何も、もう化けて出てるっすよね」

「そうよね、リッチだし」

「実に無駄な時間を過ごしたな」

「まったくだねェ……」

シュメルが肩を竦《すく》める。いや、情報も何も得られなかったしマジで無駄な時間を過ごした。とっとと漁《あさ》るものを漁ってこんな辛気臭い場所からはおさらばするとしよう。

◆
◆
◆

「おかえりなさい！」

「ご無事で何よりですわ」

「お疲れ様やったねぇ」

「……」

地上に戻るとハーピィさん達が飛んできて労《ねぎら》いの言葉をかけてくれた。畑の世話が終わった後、皆で探索拠点の周辺警戒をしながら待っていたらしい。

「中はどんな様子だったんですか？」

「グールだらけだったぞ。一番奥にリッチがいた」

「コースケがさぶましんがんでバラバラにした」

「流石は旦那様ですわ」

全員で拠点に戻り、遺跡から引き上げてきたがらくたを確認しながら一つ一つ並べていく。

「壊れている物が多いねェ」

「なんだかんだで数百年前のものですからね。内部抗争もあったようですし」

「でも金目のものも多いっすね。宝石とか貴金属とか」

「あのリッチが有力者の避難壕って言ってたのは本当みたいね」

年月とグールどもの蛮行によって壊れたりしているものも多いが、貴金属を使った装飾品や調度品などがなかなかに多い。壊れているものに関しては鍛冶施設の修理機能を使って修理しておけば価値が上がるだろう。

アイラには引き上げた遺物の目録を作ってもらうことにする。

「装飾品や調度品が多いのう」

「武器や魔道具もいくらかありますね。ゴミも多いですが」

壊れたベッドとかタンスとかの家具の残骸が多い。あと、破られた絵画とか衣服の類は修復ができないみたいだな。

「本も色々あるけど、教典の類は無いみたい」

書籍に関しては日誌のようなものや暇つぶし用なのか物語や旅行記などの本が多く、あとは魔導書や技術書が少々。残念ながらお目当ての古いアドル教典は見当たらなかった。あの避難壕に信心深い人はいなかったようだ。

「その本は？」

「死霊魔術の魔導書」

アイラが見るからに厄《やく》い感じの装丁の本を手に取ってパラパラとページを捲っていたので聞いてみたのだが、アイラに内容を聞いて納得した。死霊魔術の本とかそりゃ見るからに厄い感じがする筈だ。だってなんか装丁に人骨っぽいモチーフがあったり、人の顔っぽい模様があったりするんだもの。その装丁に使われてる皮、まさか人皮《じんぴ》じゃあるまいな？

「読むのか？」

「ん、興味深い。死霊魔術を使うつもりは無いけど、対抗方法を学ぶのには有用」

「なるほど」

死霊魔術に対抗するためにはまず死霊魔術を知るのが一番というわけか。敵を知り己を知れば百戦殆《あや》うからず、みたいなものかな。

「まぁ、金にはなりそうなものが多かったから探索としては成功か」

「そうだねェ、冒険者的には大成功だねェ」

「コースケさんが冒険者になったら滅茶苦茶稼ぎそうっすよね」

「こんなに沢山のものを持ち帰れるってだけで冒険者としての大成が約束されているようなものね」

荷物がいくらでも持てるってだけでもかなり反則だよな。よくわかる。インベントリに所持量や重量の制限がないのは俺も助かっている。これがね、制限されているサバイバル系のゲームが多いんだけどね。俺的にはイージーで大助かりだよ。いきなりこの世界に放り出されたことそのものはハードだったけどな。

「任務的には大成功とは言い難《がた》いですね」

「仕方ない。まだ一箇所目、まだまだ探索すべき場所はある」

そう言いながらアイラは死霊魔術の魔導書をとりあえず横に置き、回収してきた物の目録を作り始めている。この目録を元に、後日見つけた品の価値に応じてシュメル達に追加報酬が与えられることになっているのだ。俺とアイラとザミル女史、それにハーピィさん達は解放軍に所属しているからそういうのはないけどね。

ちなみに、グランデは解放軍に所属しているわけじゃないからシュメル達と同じ扱いだ。

「今晩はあれだな、冒険の成功を祝して宴会だな」

「お、いいっすね！　流石はコースケさん、わかってるっす！」

ベラが心底嬉しそうに声を上げた。ふふふ、いつもよりも豪勢な食事と酒を出そうじゃないか。

そういうわけで、俺達の初めての遺跡探索は成功裏に終わったのだった。さて、次も上手くいくと良いが。

◆◆◆

初日の探索を終え、俺達はひとつ風呂浴びてから食堂に集まることにした。ちなみに、北側に作った風呂は二つに分かれている。大きさは全く同じで、割と大きめだ。

わざわざ二つに分けたのは、アイラやハーピィさん達、グランデはともかくとして、シュメル達鬼娘三人やザミル女史とまで一緒に入るわけにはいかないからだ。

風呂を作る際にでっかいのを一個作って入る時間をずらす、俺用の風呂と女性用の風呂を作る、という案も出したのだが、アイラに首を横に振られた。

「私もハーピィ達もグランデもコースケと一緒に入りたいからダメ。それに、後々この施設をここに残しておくとなった際に、男湯と女湯として再利用できる。二つ同じ大きさで作るべき」

確かにアイラの言う通り、後の利便性を考えると二つにしたほうが良い気がする。

というわけで、北側に作られた風呂は二つに分かれたわけである。

「グールだらけの遺跡に、奥にはリッチですか……」

「いかにも遺跡探索らしい遺跡探索だったんやねぇ」

「初日から大変でしたわね。でも、怪我もなく大成功で何よりですわ」

「……」

俺の話を聞いたハーピィさん達が口々に感想を……いや、若干一名無言だけど。茶褐色羽ハーピィのエイジャは無口キャラにも程があるだろう。声を聞いたことが殆ど無い気がするぞ。表情を見る限り、話自体はかなりワクワクしながら聞いてたみたいだけど。

「でも、その最後に出てきたリッチって、倒してしまって良かったんですか？　当時の情報を聞き出したり、色々と使い途はあったと思うんですけど」

「無理、信用できない。最後の精神支配だって稀人《まれびと》のコースケだから難を逃れられただけ。私とグランデは抵抗できたかもしれないけど、他の四人だったら抵抗できずに支配されていたかもしれない。そもそも、最初から平和的に解決するつもりだったなら、いくらでもやりようがあった。なのに、グールをけしかけてダンジョンマスターごっこをしていた。下手をしたら私達はグールに引き裂かれて死んでいた」

「そうやねぇ……まぁ、ええんやない？　地下の遺跡はグランデちゃんがもう見つけてるわけやし」

「リッチになって数百年、しかも大量のグールと一緒に闇の中で一人きりですわよ？　そもそも正気を保っていたのかどうかも怪しいですわ」

「それは確かに怪しいよな。俺なら正気を保てないと思う。まぁその、なんだ。今更気にしても仕方ないさ」

もうサブマシンガンで撃ち殺したしな。過ぎ去ったことを気にしても仕方がない。

しかし見た目がガイコツで、怪しい魔法で俺を操ろうとしたとはいえ、俺もよく躊躇《ちゅうちょ》なく引き金を引けたよな……順調にこの世界に染まってきたということだろうか。

ハーピィさんに全身洗いをされてふにゃふにゃになったグランデを湯船に浸からせてから全員で風呂から上がり、身体を拭いて着替えてから食堂に向かう。うーん、さっぱりしたな。

「長かったねェ」

「や、やっぱりお風呂でえっちなことをしてたんすね⁉」

「してねぇから！」

なんか妙に興奮しているベラに怒鳴っておく。貴様さてはむっつりだな？　いや、ストレートに聞いてくる辺りむっつりではない……？　どうでもいいな。すごくどうでもいい。

「待たせたのは悪かった。例のリッチへの対応の是非についてちょっと話しててな」

「あァ、あれねェ。まァ、いいんじゃないかい？　こう言っちゃアレだけど、あんなのと一緒に冒険なんて安心できないしねェ」

「一見理性があるように見えてもアンデッドはアンデッド。結局は相容《あいい》れぬ存在です」

「そうね、私もそう思うわ」

「そっすね。面白そうなヤツではありましたけど、信用はできそうになかったっす」

ベラだけは奴を『面白そう』と評したが、やはり信用できないという点は変わらないらしい。

「そうだとしてもあいつはエルフに敵愾心《てきがいしん》を抱いていた。シルフィ姉とか黒き森のエルフの里と仲良くしている私達の仲間にするのは無理」

「それはそうじゃろうな。それよりも妾は腹が減ったぞ。あんな骨のことなどどうでも良いじゃろ」

「そうだな。パーッと飲み食いして明日の探索に備えよう」

食堂のテーブルの上にインベントリから料理を出して並べていく。グランデとハーピィ達の好物であるハンバーガーやホットドッグをメインとして、シュメルの好きなウィンナーの盛り合わせ、その他にもステーキやサラダなどもどんどん並べる。

「なんかおとぎ話の魔法みたいっすよね」

「ああ、あるわよね。魔法使いが何もないところから魔法でごちそうを出すのとか」

ああ、かぼちゃの馬車とかお菓子の家とかランプの魔神的な？　そういうおとぎ話、こっちの世界にもあるのかね。意外と過去の稀人とかの話だったりするのかもしれんな。

酒の入った小樽や瓶なんかも出し、宴会の準備を整える。

「それじゃあ今日はお疲れ様ってことで。とりあえず、初日の探索の成功を祝って、乾杯」

「乾杯！」

それぞれ飲み物の入った盃を掲げて最初の一杯を飲む。

「私達、何もしてませんけどね」

「畑の世話をしてただけやねぇ」

「細かいことは気にしないっす！」

微妙な表情をするピルナとカプリに、ベラが料理を皿に取り分けて渡す。意外な女子力を見せつけるな、この駄鬼。

「戦利品はどういう感じだったんだい？」

「ん、これが目録」

インベントリ内の表示を俺が読み上げてアイラが記録したものだから大体の内容は把握しているが、俺もシュメルと一緒にアイラの取り出した目録を覗き込む。

多いのは銀製品の燭台や食器、宝石のついた宝飾品の類みたいだな。銀食器は美術品としての価値が認められれば良いんだが、そうでなかったらただの銀塊《ぎんかい》と変わらんね。宝石のついた宝飾品に関しては状態の悪いものが多かったから、鍛冶施設で修復中だ。一応呪われているものは無かったから売れるだろう。

後は護身用の短剣類もそこそこあったが、これも状態の悪いものが多かった。鞘《さや》に収まっていても錆《さ》びていて抜けなくなってるのとかもあったからな。ただ、どの短剣もきらびやかな装飾が為されている物が多く、これも修復すればそれなりの値段で売れそうということで宝飾品と同じく修理中。

他にも武器の残骸などはいくつか見つけたが、修復してまで確保したいようなものは見当たらなかった。恐らく、施設内の内部抗争で使われた挙げ句に手入れもされずに放置されて錆びて朽ち果ててしまったのだろう。ミスリル製やミスリル合金製なら残っていたかもしれないが、残念ながらそういうものはなかったらしい。

他にはオミット王国時代の貨幣らしきものも見つかった。何故『らしきもの』なのかというと、金貨と銀貨はともかく、銅貨は錆びて朽ちかけて塊みたいになってしまっていたからである。これも美品はコレクターに売れたりするそうなので、確保してある。銅塊と化した銅貨は……まぁ鋳潰して再利用するしかないな。

他にも魔道具の類がいくつか見つかったが、どれもこれもそんなに価値があるものではなかった。灯りの魔道具とか、給水の魔道具とか、生活雑貨みたいなものが多めだったからな。しかも、今だとそういう生活雑貨的な魔道具の類はより高性能な物が作られている。

古《いにしえ》の時代の魔道具とかロマンがあるけど、実際には何世代も前の型落ち品の家電みたいな扱いだ……世知辛いなぁ。それでも物によってはプレミア価格がついたりするものもある上に、物によっては部品に純度の高いミスリルを使っていることもあるからそれなりに金になるそうな。

他には宝石類、中身は不明だけど魔導書の類、当時の人々の日記や娯楽用の書籍の類が少々。

「やっぱり金になりそうなものは多いねェ」

「ん、全部合わせるとちょっとした財産になる」

「金になりそうなものじゃなくて教典が欲しいんだけどな。でも、お宝の目録って見てるだけでワクワクするな」

「お？　いいねわかってるねェ。コースケ、あんたやっぱり冒険者向きなんじゃないかい？」

「その自覚は割とある。でも俺にはシルフィが居るからな」

「お熱いねェ……」

シュメルがお手上げとでも言うように両手を上げる。それはそうだろう。今、俺がこうしてオミット大荒野を掘り返して古いアドル教の教典を探しているのも元を正せばシルフィのためだからな。

「コースケコースケ、甘いのは無いのか？」

「デザートには早いだろ……」

シュメルとアイラと一緒に目録を眺めていると、ハンバーガーを片手に持ったグランデが俺に突撃してくる。地味に角が脇腹に刺さって痛い。

「はんばーがーも美味いが、妾は甘いのも食べたい！」

「わかったわかった」

インベントリを操作して果物の盛り合わせやバケツ大のプリンが載った皿を取り出す。このバケツプリンはグランデが今の姿になれるようになる前にグランデ用に作ったデザートの一つだ。

「ぷりん！」

「素手で食おうとするな！　スプーンと皿を出すからそれで食え！」

　バケツプリンに飛びつきそうになるグランデを捕まえて、皿とスプーンを人数分食卓の上に出す。

そうすると、全員がプリンに群がり始めた。

「なんすかこれ？　なんすかこれ⁉」

「甘くてぷるぷる……おいしいわね」

「……」

「……」

　ベラとトズメが初めて見るプリンに目を輝かせ、ザミル女史とエイジャが物凄い速さでプリンを口に運ぶ。あー、いけませんいけませんお客様！　あー！　お客様お客様！　容器のバケツから直食いはご遠慮くださいお客様！

　追加でもう一個バケツプリンを出して、混沌《こんとん》としかけた場をなんとか収拾する。ザミル女史とエイジャはプリンに目がないようだ……というか、ザミル女史は卵を使った食べ物全体に目がないんだった。リザードマンは卵が好きなのだろうか。

「食い過ぎで腹を壊しても知らんぞ君達」

　甘いものを目の前にした彼女達に俺の声が届くことはなかった……いや、食後も全員ピンピンしてたけれどもさ。結構多めに用意したのに、結局全部食べたね君達。シュメル達はともかく、ハーピィさん達は細身の割に結構大食いなんだよな。

こうして俺達は初日の探索の疲れを大いに癒やしたのであった。

◆◆◆

翌日である。

「さぁ、今日も一日ガンバルゾー」

「なんか朝から疲れた顔してるっすね」

「察してやりな」

なんだかシュメルから不憫《ふびん》なものを見るような視線を向けられている気がするが、気にしてはいけない。実際俺は元気なので。ほら、体力とスタミナゲージの上限も一割くらいしか減ってないじゃないか。

「ん、今日も頑張る」

「のじゃ！」

「いってらっしゃいませ！」

「旦那さん、気をつけてなぁ」

「ご武運をお祈りしていますわ」

「……」

皆のお肌はツヤツヤしているなぁ。朝風呂に入って美味しいご飯を食べれば誰だってそうなるよね、はっはっは。

「大丈夫なの？」

「いつものことなので」

心配そうに聞くトズメに対してザミル女史は慣れた態度で問題ないと言っている。うん、問題は無い。無いよ。一時間もしないうちに上限値も回復するしね。実際安全。

「今日は昨日のダンジョンとはまた趣の違った探索になるんだよな？」

「そうだねェ。確か小さな地下空間がポッポッと点在してるはずだよォ」

「昨日の遺跡は金持ち用の大規模シェルターだったよな。ということは個人用のシェルターかね？」

「ん、その可能性はある。もしくは商店とかの地下倉庫かもしれない」

「あァ、それもありそうな話だねェ。湿気に気をつければ商品の保管に適してるし、防犯の上でも強固になるからねェ」

「なるほど」

ピルナ達ハーピィさんに畑の世話を任せて俺達はテクテクと荒野を歩いていく。地属性のグランドドラゴンであるグランデが既に周辺一帯の地下空間を魔法で探知しており、めぼしい地下空間のある場所に関しては目印が立ててあるのだ。

目印の場所も一緒に調査をしたシュメル達が把握しているので、迷うこともない。

「こうテクテクと歩いているとアレだな。全員が乗れるエアボードをさっさと作ったほうが時間の短縮になりそうだよな」

「ん、確かに。材料もコースケが十分に持っているし、今晩にでも作ったほうが良いかも」

「そうだな。基本は試作型エアボードをそのまま大きくして、重量を支えるためにレビテーションの魔道具を大型化、推進装置も同様に大型化して風属性の防壁魔法を備えれば良いんじゃないか?」

高速移動用の魔道具の設計についてアイラと議論をしながら歩いていると目的の場所にすぐに辿り着いた。体感的には短い時間だったように思うが、日の高さを見るにそこそこ歩いたらしい。

「ついたのじゃ」

「ふむ、ここの地下か」

「うむ。ここは……この辺が少し崩れているようじゃな。土が中に入っておるぞ」

「それじゃあここらへんを掘るか。しかし便利だな、グランデの地中ソナーは」

「ふふふ、そうであろうそうであろう。もっと褒めるが良いぞ」

「偉い偉い」

薄い胸を張って誇らしげにふんぞり返るグランデの頭をわしわしと撫でておく。実際、ここのところグランデには頼りきりな気がするな。いくら褒めても褒め足りないくらいだ。

「よし、掘るか」

「任せたっす」

「任せました」

ベラとザミル女史の台詞を背中で聞きながらショートカットに登録してあるミスリルシャベル+9を取り出して荒野に突き立て、土の除去を始める。一振りで広範囲の土を除去できるこのシャベルに

かかれば埋もれた地下室を掘り起こすことなど造作もない。

「入り口が出てきたぞ」

「早すぎるでしょう……」

そりゃ五回くらい掘っただけで出てきたからね。

掘り出した入り口からアイラが魔法で毒ガスなどの危険がないか調べ、安全が確認され次第シュメル達が突入していった……のだがすぐに揃って出てきた。

「ここはハズレだね」

「土が入ってしまっていたせいか大半のものが朽ち果ててしまっていますね。めぼしいものは見当たりません」

「まじかー。まぁ修復できるものがあるかもしれないしガラクタの類も全部回収しておこう」

安全が確認された地下室に入ってみるが、確かにシュメル達の言っていた通り、まともなものは何一つ残っていなかった。

ガラクタはいくつか回収できたが……修復に期待だな。

「次行くぞー」

「わかったっす」

こんな調子でいくつかの地下室を開けていったが、特に危険なこともなく作業は順調に進んでいった。ハズレの地下室だらけだった。

地下室ガチャ、当たりが悪すぎぎんよぉ？　排出率どうなってんの？　などと思っていたのだが。

「おおィ！　今回は大当たりみたいだよォ」

ハズレばかりでなんとなく全体の雰囲気がダレてきた頃、シュメル達が突入した地下室からシュメルの弾んだ声が響いてきた。遂に当たりが来たか！　とアイラと一緒に地下室に入って俺とアイラは狂喜した。

「すごい数の本だな！」

「ん、これは凄い。学者か何かの家だったのかもしれない」

そこはみっちりと本の詰まった書架の並ぶ、資料室か何かのような部屋だった。奥にテーブルのようなものも見えるので、もしかしたら地下の書斎か、研究室だったのかもしれない。

俺は書架の本をどんどんインベントリに収めていき、その本の名前をチェックしていく。そうすると。

・アドル教経典オミット王国歴１０９年度版（状態保存）
・アドル教経典オミット王国歴１０９年度版写本（状態保存）×2

「あったよ！　アドル教の経典が！　それも原本と写本！」

「よかった」

アイラ、そこは是非『でかした！』と言って欲しかった。無論、ネタが通じるわけもないのだが。

「おォ？　お目当ての本があったのかい？」

「よかったっすね！」

「あんな大仰《おおぎょう》な滞在設備を作ったのに、二日で見つけちゃったわね」

　確かに。こんなに早く見つかるなら畑までは要らなかったな……いや、それでもあそこには安全な寝床と水源、そしてある程度の食料供給能力があるわけだし、後方拠点の周辺開拓に役立つだろう。無駄にはならないから気にすることはないな。

「普通なら地下室の場所を探すのにも掘り起こすのにも時間がかかるでしょう。これもコースケ殿とグランデ様の力の賜物《たまもの》ですね」

「うむ、妾は有能じゃからな！」

　ザミル女史に褒められたグランデが腰に手を当て、誇らしげに薄い胸を反らしている。そのポーズ、気に入ったのかな？　可愛いから良いと思うけど。

「早速拠点に持ち帰って解読してみる。これで期待するような内容じゃなかったらがっかり」

「それもそうだな」

　もし現在のアドル教主流派の主張する亜人排除の教えが意図的に改竄されたものでなく、古来よりの教えだった場合、一気にアドル教懐古派の立場は厳しいものになる。

　インベントリから目的の本を取り出してみると、保存方法が良かったのか案外しっかりとした感じであった。最低でも三百年近く経っているブツの筈なのだが。この状態保存って、カッコ書きの効果だろうか。

「しっかりと状態保存の魔法がかかっている。見せて」

「ああ」

アイラが俺の手から分厚いアドル教の経典を受け取り、パラパラと流し読みをした後、裏表紙やその内側、最後の方のページを確認する。

「オミット王国が滅びる三十年前に写本されたもの。年代的には真実の聖女が求めているものに該当している」

「あとは中身だな……しかし、見つかった本を見てみると、他の本も原本だけでなく写本が結構あるな。もしかしたら写本師の倉庫か作業場だったのかもしれん」

「なるほどっすね。あれだけ本が沢山あったのも納得っす」

「本は高いものね」

「そうなのか」

オミット王国崩壊から三百年経った今も、この世界の印刷技術はあまり進んでいないらしい。ふむ、印刷技術か……広めるのは結構危なそうな技術だなぁ。とりあえずスルーで。

「とりあえずは目的達成か。もっと長引くかと思ったけど、呆気《あっけ》なかったねェ」

「早く片付いたことは良いことです」

どんぴしゃりで写本師の地下倉庫を掘り当てたのは強運だったたな。都合が良すぎて俺をこの世界に放り込んだやつに仕組まれた疑惑すら出てくるが……まぁ、確かめる術《すべ》はないし、俺達に都合が良い分には構わないか。

「目的のブツが見つかったなら、もうこれ以上探索する必要は無いねェ。作業は切り上げげってことで良いかい？」

「そうしよう。それで良いよな？」

　俺が視線を向けると、アイラもザミル女史も頷いた。グランデ？　グランデは興味なさそうにあくびしてるよ。グランデからすれば経典探索に来たと言うよりは、ただ俺についてきただけなんだろうから当然といえば当然の反応か。食べることができるわけでもない書物にグランデが興味を持つとも思えないし。

「よし、それじゃ帰ろう。すぐ帰ろう」

　そしてアイラに解読を進めてもらっている間に俺は皆で乗れる大型エアボードを作るとしよう。作っておけば何かしらに役立ちそうだからな。

◆
◆
◆

　目的の書物を見つけた俺達は即座に拠点へととんぼ返りし、アイラは経典の解読、俺は大型エアボードの作成、他の皆は思い思いに休むということになった。

　大型エアボードの作成そのものは特に難しいところはない。各パーツを大型化して補強するだけだからな。問題は、レビテーションの魔道具や推進装置の出力調整と、スロットルの調整か。あとは方向舵をつけてみるかね。

　風塵《ふうじん》対策はガラス製の風防……いや、搭乗者用のマスクとかゴーグルを作ったほうがお安いな。大型のガラス風防となると重量も嵩《かさ》むし。アイラの手が空いたら風の防壁魔法を展開する魔道具でも作ってもらうとしよう。

問題はランニングコストだな。推進装置はかなり燃費が良いんだが、レビテーションの魔道具が結構魔力を食うみたいなんだよなぁ。今はボードの四つ角に一基ずつレビテーションの魔道具……長いな、浮遊装置でいいや。浮遊装置をつけているわけだが、なんとか工夫してこれを減らせないものか。ボード自体を四隅形から三角形とかに変えて、浮遊装置を三つにしてみるか？　いや、浮遊装置を超大型化して、接地面全体を浮力の発生源にするのはどうだ？

今は浮遊装置という点を複数設置して板を支えている。四隅形の板だから四つ設置して、四点で板を支持しているわけだな。これを点ではなく面にすればどうだろうか？　試してみるか。

「真剣な表情っすね」

「旦那はんはものづくりをしている時はいっつもあんな感じやねぇ」

「あの表情をした後にとんでもないものが出てくることもありますが」

少し離れた場所からベラとカプリとザミル女史が改良型エアボードを作っている俺を見守っている。いや、ベラは見守っているというよりは興味本位で眺めてるだけだろうな。もしかしたらまたエアボードに乗りたいとか思っているのかもしれない。

次にぶつけて大破させたら虎柄のマイクロビキニを着せてやるからな、お前。先っぽしか隠れないような、布面積のほぼアウトなやつ。

「うっ⁉　な、なんか悪寒がしたっす」

冒険者としての勘が危険を感じ取ったのか、ベラがブルリと身を震わせている。なかなか良い反応だな。でも、また試作品を壊したりでもしない限りそんな未来は訪れないはずだから多分大丈夫だ。多分。

作業を進めていると、遠くから戦闘音らしきものが聞こえてくる。いつのまにかザミル女史が見当たらなくなったので、たぶんザミル女史と誰かが模擬戦でもしているのだろう。

出力テストを行った大型推進装置がまたもや黒き森方面に吹っ飛んでいくという事故があったが、それ以外の作業はスムーズに進んだと言って良いだろう。いや、この前の失敗を反省してそれなりにしっかりと台に固定して出力テストをしたんですよ？　でも想像以上の出力でね……僕は悪くない。運悪く飛んでいった推進装置が直撃した人が居なければ良いんだが。

というかこれ、考えてみたらあれだよな。魔煌爆弾を遠くに飛ばして炸裂させるのに丁度良いのでは……？　精密爆撃を考えずに遠距離の広範囲を殲滅《せんめつ》するなら二十連装のロケット方式とかにすればとんでもないことになりそうだな。数万単位の軍勢を粉砕するんじゃなかろうか。

ははは、危険なことを考えるのはこの辺にしてちょっとしまっておこうか。文字通りの大量破壊兵器になりかねん。というか槍やら剣やら騎兵やらで向かってくる相手に多連装ロケット砲を使うとか無慈悲にも程があるよな。はははははは！　こっそり開発しておこう。

「なんかすごい悪い顔してないっすか？」

「あれは何か危ないもののアイデアを思いついた時の顔ですね」

「大丈夫なんすか？」

「本当に危ないものの場合、よほどのことがない限り持ち出したりしないから大丈夫ですよ」

ピルナの察する能力に若干戦慄を覚えるんですけど。なんだかんだでピルナは俺が銃やら爆弾やらを作り始めた頃からずっと俺を見てるんだよな。なら察する能力が培われているのも納得か。

それにしても、エアボードに関しては部品だけなら作業台で作れるのに、完成形のエアボードは作業台で作れないんだよな。これは何故なんだろうか？　まだ試行錯誤の段階だからなのかね。部品がクラフトできるのは、部品単位では既に完成品のレベルまで来てるからってことなんだろうか。

それなりの期間、俺の能力に関しては色々と検証を重ねてきたわけだが、未だによくわからない部分が多いな。本当にヘルプ機能とかが欲しいわ。

◆　◆　◆

結局改良型エアボード作成は最後まではいかなかったので、完成はまた明日だ。日も落ちてきたので皆で集まって夕食を取り、食後にアイラの進捗《しんちょく》を聞くことにする。

「結論から言うと、これは懐古派の求めていた経典そのもので間違いない」

「そうなのか」

「ん。まだ途中までしか解読できていないけど、今のところ亜人を排斥し、隷属化を推奨するような内容は確認できない。私はそこまでアドル教の教えに明るくないけれど、私も知っている有名な亜人排斥を謳《うた》う項目が全く違う内容になっている」

「ほぉ……それはまたなんとも」

そう言えば、俺はこの世界の言葉を自動的に理解できる能力があるっぽいんだよな。俺がこの経典を見たらどうなるんだろうか？　と思ってアイラの前に置いてある経典の原本にさらっと目を通してみる。

「コースケ読める？」

「読めるわ」

アイラやシルフィが使っている文字とは明らかに違うのが見てわかるのだが、その内容は問題なく頭の中に入ってくる。これはもしかして俺が解読作業を手伝ったほうが作業が遥かに捗るのでは？

そう思ってアイラに視線を向けると、物凄いジト目で睨まれていた。

「結構苦労して解読してた」

「……正直申し訳ないと思っている」

「これは謝罪が必要だと思う」

「本当に申し訳ない」

こういう古文書の解読とかは魔道士で頭脳労働担当のアイラが適任だと思いこんでいたんだよ。自分がドラゴンの言葉でもなんでも異世界の言語なら理解できる謎能力持ちだってことを、普段からあんまり意識してなかったんだ。

結局明日一日、アイラのリクエストする食事とデザートを提供するということで、なんとかご機嫌斜めになったアイラの機嫌を取ることに成功した。半日の努力を無駄にしたのにこの程度で許してくれるアイラは優しいと思う。

そういうわけで、明日は俺とアイラの二人で経典の解読をすることになった。アドル教の教義にも少し興味があったし、丁度良かったかもしれないな。

「それじゃあ、明日に備えてとっとと風呂に入って寝るか」

「ん、お風呂は大事。命の洗濯」

「命の洗濯ですか。良い言葉ですね」

アイラの言葉にザミル女史が深く頷く。ピタピタと尻尾が床を叩いているのは機嫌が良い時の彼女の仕草だ。ザミル女史は温かいお風呂に入るのが大変気に入っているらしく、とても長風呂なのである。

「コースケが一番風呂」

「なんかいつも悪いな」

「コースケさんが一番に入るのが当然です！」

「まァ、順当だねェ」

ピルナとシュメルも同意して頷く。彼女達からすればこのように快適に寝泊まりできて風呂にまで入れるのは俺のお陰なのだから、一番風呂に入る権利は当然俺にある――と、そういう考えであるようだ。

最初は女の子達に先に入ってもらって俺は最後に残り湯でササッと入るよと言ったのだが、俺を差し置いて先に入るなんてことはできないという主張と、それだと一緒に入れないいじゃないかという本音のゴリ押しによって俺は早々に一番風呂で入るのを受け入れることにした。多数決だからね、仕方ないね。

まぁ、入ってくるのはアイラかハーピィさん達なので今更どうということは――。

「邪魔するよォ」

「ういっすー。あ、背中とか流すっすよ?」

「お、おじゃまするわ……」

「ほわっつ?」

湯船に入る前に洗い場で丁度頭を洗おうとしていた俺は背後から聞こえてきた声に思わず振り返った。一糸纏わぬシュメルとベラの赤い肌とトズメの青い肌が目に眩しい……というか三人ともでかい。何がとは言わないがでかい。たゆんというか、ばるんというか。

「視線が露骨っす」

「こんなもん見飽きてるだろォ?」

「それはそれ、これはこれというやつで……いや違う、そうじゃない。何の真似だ?」

俺の声を無視してシュメルとベラがのしのしと歩いてくる。前を隠せ、前を。トズメは二人の影に隠れている辺り、彼女だけは人並みの羞恥心《しゅうちしん》を備えているようだ。

「まーまー、細かいことは気にしないっすよ。頭洗ってあげるっす」

「えぇ……あー、まぁ、うん。頼んだ」

もう裸でここまで入ってきている三人に今更出て行けとも言えないので、おとなしくベラに頭を洗われることにする。残念ながらシャンプーはまだクラフトできていないから、頭を洗うのに使うのは石鹸《せっけん》だけど。

「この石鹸、良い匂いっすね」

「エルフの蜜花《みつばな》を配合しているからな」

エルフの蜜花というのは蜜酒に使われている花蜜が採れる花のことである。本当は名前があるのかも知れないが、皆エルフの蜜花とか単に蜜花と呼ぶから俺も本当の名前は知らない。甘く、爽《さわ》やかな香りがするので、この蜜花石鹸はシルフィを始めとして多くの女性が愛用している。

「ふんふんふーん♪」

ベラが鼻歌を歌いながら俺の頭をワシャワシャと洗う。後頭部がぽよんぽよんと押されるのは気にしないことにする。気にしないったら気にしない。

「はい、流すっすよー」

「おう」

ざばー、と桶に汲んだお湯で石鹸だらけの頭を流される。うん、さっぱり。

「じゃ、体を洗うのはトズメに任せるっす」

「私⁉」

「いや、自分で洗うけど」

「あ、洗うわっ！」

いやなんでそんなに必死なんだよ。こえぇよ。お前さん達は身体が大きい分、相応に力も強いんだから、力入れすぎてポキッ、とかベキッ、とかベリッ、とかやめてくれよ。泣くぞ。

「……なんで手で直接？」

「手ぬぐいとか使うと力を入れて擦り過ぎちゃうかもしれないから……」

そう言いながらトズメが石鹸の泡を纏った手で俺の背中を撫で回し始める。

なるほど、手ぬぐいを使うとベリってなりかねないわけだ、俺の皮膚が。それは怖い。それなら手で直接俺の身体を洗うのも仕方ない。仕方ないと思うんだが。

「か、肩も腕も首も細い……腰も華奢……ちっちゃい……かわいい……」

後ろから泡だらけの手で俺の身体を撫で回すトズメの鼻息が荒い。そして俺の身体を撫で回す手付きがこころなしか妙にねっとりとしている気がする。

「ヘイ、俺の身体を洗ってくれている後ろの人が怖いんだが？」

「ちょっと今うちもトズメの趣味を初めて知ってドン引きしてるっす」

「まァ……多分害は無いと思うよォ」

今多分って言った？　本当に大丈夫なんだろうな？

というか華奢とか腕細いとかそんなわけあるかって話だよ。こっちに来てから適度な運動をしているせいか、若干マッシブになってるくらいなんだぞ、俺は。

「まぁ、鬼族系の男に比べりゃ旦那は細いっすよね」

「背も低いしねェ」

「それはつまりアレか。俺から見るとアイラやピルナ達が幼く見えるのと同じ理屈ってことか」

ハァ…
ハァ…
ハァ…

「多分そうっすね」

小柄なアイラや、ピルナのような小鳥種のハーピィさんが俺には少女のように見えるのと同じで、鬼族系の女性にとって俺は少年のように見えると。なるほど。

「……本当に大丈夫なんだろうな？」

「いざとなったら助けるよォ。そろそろ正気に戻るだろうしねェ」

「ほわァ!?」

シュメルの言葉とほぼ同時に俺の後ろでトズメがすっ転ぶ気配がした。振り向いたら物凄い光景が見えそうだが、やめておこう。テンパってパンチでもされたら冗談抜きに即死しかねない。

「男の裸程度でおたおたしてんじゃないよォ。ホラ、中途半端だろォ？　一回やり始めたならちゃんとしっかり洗ってやんなァ」

「うぅ……ご、ごめんね？」

「優しく頼むぞ？」

何に対するごめんねなのかは追及しないでおこう。武士の情けというやつだ。

◆◆◆

「ふぃー……広い風呂は良いねェ」

「うちらがゆったり足を伸ばして入れるってだけで最高っすよね」

「大きいからね、私達」

頭の上からシュメルの声が、左右からベラとトズメの声が聞こえる。

身体を洗い終わった俺達は全員で揃って湯船に入っていた。何故か俺はシュメルの身体に背中を預ける形――というかシュメルに抱っこされるような形で。俺の頭が、俺の頭よりでかい柔らかくて赤い双丘《そうきゅう》に挟まれており、なんというか圧倒される。すごいよ、めっちゃ浮いてるし、たゆんたゆんしてるよ。

「今のこの状況も含めてそろそろ説明が要ると思うんだが？」

「あはは、姐さんの乳が喋ってるように聞こえるっす」

そりゃ完全にシュメルの乳の間に隠れてるからな！

「まァ、アンタの懐の深さを確かめてるところさね」

「懐の深さ？」

「うちらみたいなのは普通の人間の男には怖がられるっすからね」

「あたし達相手でも怖がらずに裸の付き合いができるかどうか確かめようと思ってねェ」

「いや、普通に怖かったんだが？」

赤いおっぱいの向こうで見えないが、石鹸塗《まみ》れの手でトズメに鼻息荒く身体をまさぐられたのには身の危険を感じたね。完全にアウトですよあれは。

「あれはうちら的にもアウトだったんでノーカンっす」

「うぅ……」

左から呻き声と、ブクブクと泡が弾ける音が聞こえる。恐らくベラの容赦のない一言でトズメが湯船に沈んだのだろう。

「なんだって懐の深さを測るなんて……って言うのは野暮だよな」

「そりゃ野暮だねぇ」

「野暮っすねぇ」

そんなものはシュメル達が俺を『そういう対象』として見るようになったからに決まっている。シルフィにアイラ、ハーピィさん達にメルティ、グランデ、それとエレン。そんな、俺と色々な意味で親しい関係にある女性達の輪にシュメル達も名を連ねようという話なのだろう。

今回の護衛としてシュメル達を手配したのはシルフィとメルティだ。つまり、彼女達にも話が通っているんだろうな。外堀は埋まっているわけだ。

「回りくどくないか？」

シルフィの同意を得ていてアイラ達も協力的だというのであれば、シュメル達ならこんな回りくどいことをしなくても、もっと手っ取り早い方法があるだろう。俺自身、押しに弱いのは十分に自覚しているからな。

「まァ、そうだねェ。でも、あたし達鬼族はそういうのは慎重なんだよ」

「そうなのか？」

「そうなのさァ、なんせ命が懸《か》かってくるわけだからねェ。自分だけじゃなく、子供のね」

そう言って、シュメルは鬼族が何故パートナー選びに慎重なのかを説明し始めた。

「あたしらってよく食うだろォ？」

「まぁ、そうね」

素直に頷く。シュメル達は身体の大きさに相応しい量のご飯を食べる。健啖家《けんたんか》、という言葉では生温い。多分俺の五倍は食べてると思う。少食なアイラやハーピィさん達と比べると十倍近いんじゃないだろうか。

「子供ができるとお腹の中で子供を育てるためにもっと食うようになるんすよ。当然、子供が出来たら働けなくなるんで、食費は嵩むのに収入はゼロになるっす」

「子供が出来たら、ある程度手がかからなくなるまでずっとね。当然、子供が生まれたらお乳をあげるために栄養を取らなきゃならないから妊娠中と食事量は殆ど変わらないし、子供が乳離れしたとしても、今度は子供がその分沢山食べるわ。つまり、鬼族の女が子供を産むには長い間食いっぱぐれないように養ってくれる旦那か、かなりの蓄えが要るってわけ」

「もし気に入った男と無理矢理子供を作って、身重になって動けなくなったところで男に逃げられたら詰むし、旦那の稼ぎが少なくても詰むし、そういった時に蓄えが尽きたらやっぱり詰むわけだ、あたしら鬼族はね。しかも、その時はお腹の子供や産んだ子供を巻き添えにして餓えて死ぬことになるってわけだねェ」

「だから身重になって働けなくなってもうちらを見捨てずに、ちゃんと面倒を見てくれる旦那が必要なんす。うちらは食い扶持がでかいんで、本当に切実なんすよ」

「なるほどなぁ」

だから、旦那選びには酷く慎重になるわけだ。他の種族の女性でも事情は同じだろうが、鬼族の女性はその度合がより深刻ってわけだ。確かにそれは慎重にもなるかもしれない。

「そういう意味では旦那は言うことなしっすね。甲斐性が抜群でうちらを怖がらないっすから」

「単に食わせるというか、養うって意味で言えばいくらでも面倒は見られるわな」

もしこの先聖王国に敗れるようなことがあったとしても、みんなを連れてソレル山地とか黒き森みたいな魔物の領域に逃げ込んで拠点を作り、全員を養いながら機を窺う——なんてことだって余裕でできるだろう。

「まァ、別に今すぐどうこうって話じゃあない。今はアタシ達がそういうつもりで、内々で同意も得てるってことを覚えておいてくれりゃあいいよ」

「そうなのか?」

こういう時は流れ的にこの場でこのままとか、上がったらそのままとかって事が多いんだが。

「さっきも言っただろォ? あたしらはこういうことには慎重なのさ。いきなり無理矢理にはしやしないよ」

「条件が揃ってれば、いきなりそこらの茂みに引っ張り込んでそのまま村に連行、なんてこともするっすけど」

「それ、あんたのとこだけだからね……というか、無理矢理はしないって言ってるのに混ぜっ返すのはやめなさいよ」

ベラが恐ろしい事を言い、トズメが突っ込みを入れる。無理矢理連行とかこえぇな⁉

「えー、でもばっちゃんがそう言ってたっすよ?」

「アンタの婆さんが現役の頃って何年前よ……ここ百年かそこらはそういうのは流行ってないわよ」

「……三~四百年くらい前っすかね?」

「流石に長命種だけあってスケールがデカいなぁ」

ばーちゃんがブイブイ言わせてた頃が四百年前って、日本で言えば江戸時代が始まったくらいか? それだけ時間が経てば性風俗も随分違ってくるわな。日本でも百年単位で時代を遡れば夜這いの風習とかもあったらしいし。

「まァ、とにかくそういうことだからサ。今すぐ無理矢理にどうこうはしないけど、考えておいておくれよォ?」

「それは将来的に無理矢理どうこうするから覚悟しておけということでは……?」

「旦那から手を出してくれれば無理矢理する必要は無くなるっすね」

「ま、そういう取引内容なんだよねェ。そこは諦めなァ」

「取引内容ねぇ……」

大方、専属の護衛契約を結ぶとかそういう感じのものだろうな。キュービの件もある。常に俺に張り付けておける強力な護衛を用意しようということなのだろう。確かにこの三人なら実力は申し分ないし、信頼性や相性に関しても問題無さそうだ。

「そっちが良いなら、うん。前向きに検討する方向で……もう少しお互いによく知り合ってからな」

この後はゆっくりと風呂に浸かり、風呂から上がった後も軽く酒を引っ掛けながら、三人がパーティを組むことになったきっかけとか、三人の生い立ちなんかを聞いたりして一緒の時間を穏やかに過ごすのであった。

◆
◆
◆

一夜明けて翌日。俺とアイラは朝からオミット王国時代のアドル教経典の翻訳作業を進めていた。

翻訳作業の手順そのものはとても単純だ。俺がオミット王国時代の経典を読み上げて、アイラがその通りに白紙の本に書き留めていく。

俺の能力による翻訳は完璧で、誤訳などは基本発生しない。そりゃそうだ、俺にとっては古いオミット王国語も母国語同然に読めるのだから。

「昨日の苦労は一体……」

「ごめんて」

サクサクと進んでいく翻訳作業に、アイラの目が虚無《きょむ》を映し始める。その目はやめてくれ、怖いから。なんなら膝枕でもなんでもしますから許してください。

肝心の内容はと言うと……うーん、なんと言ったら良いのか。創造主アドルの成したことを淡々と綴り、その言葉や教訓を書き綴ってあるといったところだろうか。

曰く、アドルは星々の彼方よりこの地に現れ、この世界……つまりリースと、天の彼方に見えるオミクルを生き物の住まうことができる世界に変えた。

今、この世にいる生き物の大半はアドルに連れられてこの世界を訪れたり、アドル自身によって創られたりしたものであるらしい。ごく一部、この世界に生き物が住めるようになる前からこの世界に存在する生き物もいたが、それもアドルに恭順《きょうじゅん》したのだという。

「うーん……」

「どうしたの?」

「いや、前々から思っていたことなんだが……」

テラフォーミング、遺伝子改良、生命工学、原生生物の知性化といった言葉が脳裏を過《よぎ》る。やっぱりこのアドルとかいう存在はそれこそSF小説に出てくるような超技術を持った異星人とか、そういうのなんじゃないだろうか。

「つまり、コースケから見ると神というよりは、とてつもなく進んだ技術を持ったヒトか何かの所業に思える?」

「そんな感じだ。まぁ、進みすぎた技術は魔法や奇跡と変わらないように見えるというし、俺のこじつけかもしれないけどな……剣や槍、弓矢しか知らない人が俺の使うような銃での攻撃を魔法か何かかと思うのと同じような感じで。それのスケールがもっと大きいような感じだな」

「なんとなく言いたいことは伝わってくる。でも、その考えは異端。アドル教の過激派にそんなことを言ったら異端審問にかけられて火炙《ひあぶ》りにされるかもしれないから、言わないほうが良い」

「やだこわい」

そんな会話を交えつつ、翻訳を進めていくと、亜人が創られた辺りの話になってきた。この経典によると、亜人は人間の様々な可能性を模索するためにアドルが創り出した種族なのだという。

つまり、人間をベースとして様々な種《しゅ》と掛け合わせたり、遺伝子改良を施したりすることによって可能性とやらを模索したのだろう。

マッドサイエンティストかな？　アドルとかいうやつの頭の中の辞書には生命倫理という言葉は存在しなかったらしい。

「確か今のアドル教主流派の教えでは、罪人に罰を与えるために亜人にしたという内容だったはず」

「そういえばそうだったな。俺もそんな覚えがあるぞ」

「この経典ではそうは書かれていない。つまり、これが懐古派の言う改竄の痕跡。その証拠」

「そうなるだろうな。他にも痕跡が無いか探してみようか」

そうして更に解読を進めること数時間。昼頃には全編の翻訳作業が終了した。

「細かいところも含めるとかなり改竄されてるっぽいな」

「ん。少なくともこの経典の内容を見る限りは、この時点のアドル教は亜人排斥を謳うものではない。現在のアドル教主流派が信奉している教えはオミット王国崩壊後に改竄されているものである可能性が非常に高い」

「こうしてみると改竄前のアドル教は人間とか亜人とか関係なく、皆同じ神様に創られた兄弟とも呼べる存在なのだから仲良く暮らしましょう、って感じの割と真っ当な宗教に思えるな」

「ん。もしかしたらオミット王国と黒き森のエルフとの関係が悪化するにつれて徐々に改竄が始まって、エルフによってオミット王国が滅亡させられたのを機に急速に教えの改竄が進んだのかもしれない」

「原本とも写本が地下倉庫に放り込まれていたのもそういう理由があったのかもな。そんなご時世になってきたら、改竄前の経典とか悪書扱いされたりしたかもしれん」

「可能性はある。でも、あの倉庫を所持していた写本師は改竄前の経典を処分する気にはならなかったのかも」

「これ以外の経典は見当たらなかったし、改竄された経典を写本するのも、改竄前の経典が処分されるのも我慢ならなかったのかもしれないな。プロ意識が高かったのかね」

この経典が保管されていた倉庫の持ち主に思いを馳《は》せる。実際には単に売れないから地下倉庫に放り込んでいただけかもしれないけど。

◆　◆　◆

「というわけだ。アドル教の教えが改竄されていることはほぼ確実だな」

「ふゥン。あんまピンとこないねェ」

「アドル教と言えば聖王国、聖王国と言えば亜人排斥、亜人排斥と言えばアドル教みたいなイメージっすからね」

「本当のアドル教が亜人排斥を謳ってないとか言われてもね」

「すぐに我々がアドル教徒を受け容れるのは無理ですね」

鬼娘ズ＆ザミル女史の反応はごもっともだ。アドル教を国教とする聖王国が亜人排斥を掲げて活動すること既に二百年以上。その間に積もり積もった互いの敵愾心はそう簡単にどうにかなるものではないだろう。

「私達を助けてくれたのは神でも精霊でもなくコースケさんですし」

「そうですわね。旦那様のほうがよっぽどご利益《りやく》がありますわ」

「現世利益ましましやねぇ」

「……」

昼食として出したクレープをはむはむと食べながら、ハーピィ達がそう言って俺に視線を向ける。寡黙を通り越して無口の領域に入っているエイジャも目をキラキラさせながらコクコクと頷いている。

「人族はくだらんものを信じておるのう、としか言えんな」

クリームとフルーツマシマシのクレープを頬張りながらグランデが呆れている。弱肉強食の魔物の世界に生きるドラゴンに言わせれば、宗教なんてものはナンセンスでしかないのかもしれない。

ちなみに、昼食のクレープはクリームとフルーツマシマシのものと、肉や野菜を挟んだものを半々で出した。甘いほうが圧倒的に売れ行きが良いですね、はい。8：2くらいにしても良かったかもしれない。

「それで、目的も果たしたことだしもう帰るのかい？」

「そうだな。畑に植えた作物が明日辺り収穫できるはずだから、明日収穫して後方拠点に帰還。ここの管理について引き継ぎをしてアーリヒブルグへ、って感じで良いんじゃないか？」

「……またアレに乗るのかい」

シュメルの顔から血の気が引いていく。シュメルは高所恐怖症みたいだからなぁ。

「まぁ、そうなるな。空飛んだほうが速いし」

一応昼飯を食った後に改良型エアボードを完成させて明日の後方拠点までの移動には使うつもりだが、後方拠点からはゴンドラを使ってグランデに運んでもらうつもりだ。

「そ、そんなに急ぐ必要はないんじゃないかい？　ほら、予定よりも早く目的のものを見つけただろう？　あの……そう、エアボードとかいうのを使って移動するのもあたしは良いと思うよ。ほら、試験とか色々しなきゃいけないんだろう？」

シュメルがダラダラと汗を流しながら必死にグランデによる空輸を拒否しようとしている。高所恐怖症の彼女としてはグランデ空輸便に乗るのはなんとしても避けたいらしい。

「シュメル姐必死っすね」

「必死ね」

「グランデ様に運んでもらうのが畏《おそ》れ多いというのはわかりますが……」

うん、ザミル女史の考えはちょっとずれてると思うよ。畏れ多いとかじゃなくて怖いから絶対に乗りたくないだけだろうし。

「どうする？」

「シュメルの言うことにも一理ある。後方拠点からアーリヒブルグまでエアボードで走るのは走行試験としては悪くない。後方拠点からアーリヒブルグまでは徒歩でおよそ二週間の距離。試作型のエアボードでどれくらいの日数で走破できるのかは興味がある」

「有用だということの証明にはなるか。燃費もある程度わかるだろうし」

「ん。アーリヒブルグから何か急報があればグランデに運んでもらえばいい」

「そうだな。とりあえず後方拠点に行って、後方拠点の大型ゴーレム通信機でアーリヒブルグのシルフィに連絡して、問題ないようならエアボードの走行試験がてら陸路で帰るか」

アイラが頷き、シュメルが拳を握ってガッツポーズを取った。そこまで嫌だったのか。

「それじゃあ昼食を終えたらちょっと食休みして、改良型エアボードを仕上げちゃうか。ザックリとは作ったんだけど、魔法道具の微調整とか大型化とか効率の面でどうしたら良いか詰まってたんだよ」

「ん、手伝う」

「じゃあ、あたしたちは……畑の世話かねェ？」

「もうハーピィさん達が終わらせてるっすよ。やることがないなら休憩で良いんじゃないっすか？」

ベラがこちらに視線を向けてきたので、俺はザミル女史に視線を向ける。

「良いのではないでしょうか。私は槍を振るっていますが」

「ザミル様はストイックね。私はエアボード作りを見物してようかしら」

そういやサイクロプスって結構ものづくりが好きなイメージがあるな。トズメもそういう傾向があるんだろうか？

「私達は辺りを偵察して、あの遺跡群の他に何か無いか見てきますね」

「妾は寝てる」

勤勉なハーピィさん達に比べてグランデはこれである。でも、このところグランデは色々と働いてくれたからな。本来食っちゃ寝するのが当たり前なのがドラゴンなわけだから、グランデの行動も当たり前といえば当たり前か。俺達の尺度でグランデの行動を評価するのはよくないな。

「それじゃそういうことで、午後も事故や怪我のないようにしていこう」

俺の言葉に皆がそれぞれ了解の意を示した。それはそれとして甘いクレープが品切れ……はい、追加で出します。甘くないのも美味しいですよ？　甘い方が良いですかそうですか、はい。

売れ残りのクレープはお夜食として俺とグランデとシュメルで美味しくいただきました。

◆◆◆

色々と検討した結果、馬車サイズの改良型エアボードを二台作ることにした。駐車スペースや道の幅などに関して、馬車とある程度互換性を持たせたい、と思ったからだ。流石に馬車サイズの大きさでは俺達全員が乗ることは難しいからな。何せ合わせて11人もいるわけだし、一台で全員が乗れるようなものを作ろうとすると、馬車よりも遥かに巨大なものになってしまう。多分大型バスサイズとかになるだろうな。グランデとかザミル女史は尻尾の分スペースを取るし、シュメル達は単純にデカいから。

「居住性というか、乗り心地はある程度確保したいな。長時間乗るものだし」

「揺れの少なさという意味では乗り心地は馬車と比べるべくもないはず。席をちゃんと作れば寝ることすらできると思う」

「地面の状態に左右されずに走れるということは、雨が降っていたりしても問題なく走れるということよね？　なら、雨に降られても問題ないようにするべきだと思うわ」

なるほど、トズメの言う通り雨でぬかるんだ道でもエアボードなら問題なく走れるはずだな。確かに雨天でも走れるようにするべきだろう。

「雨風を防げるようにするのには賛成だ。それに加えて安全面はどうするべきだろうな。外から丸見えだと盗賊とかに矢を射掛けられないか？」

「どちらにせよ風雨や砂塵を防ぐために風属性魔法の障壁を展開する。馬車一台分を覆うくらいなら可能。問題はコスト。製造コストを取るか、ランニングコストを取るか」

アイラ曰く、風の障壁発生装置の品質をどうするかという話なのだそうだ。ミスリルを多めに使って、製造コストを高くして性能を上げれば燃費は良くなる。ミスリルの量をケチって大量に風の障壁を展開する魔道具を作ることもできるが、その分性能は落ちて燃費も悪くなるのだという。

「最終的に何百台、何千台と運用するならランニングコストが安いほうが得だと思うわ」

「待て待て、重量に関して言えば浮遊装置である程度無視できるんだから、それなら乗員スペースの防護は木材の壁に鉄板の装甲とかにした方がトータルコストが安いんじゃないか？　メンテナンスのコストもそっちのほうが遥かに安いはずだ。何もかも魔道具にすると整備性が悪くなりすぎると思うぞ」

「整備性という話をするなら魔道具をふんだんに使っているエアボードは整備性が劣悪と言える。いずれにせよ整備性は悪いのだから、どうせなら突き抜けた方が良い」

「私はコースケの案に賛成よ。場合によっては野宿することもあるのだから、そういう場合を考えれば幌馬車や箱馬車の方が野宿に使いやすいと思うわ。野営する時まで風魔法の障壁を展開しっぱなしにするのは魔力の無駄遣いでしょう。風魔法の障壁はあくまでも車体が風に煽《あお》られたりしないようにするためだけに使うべきじゃないかしら？　御者《ぎょしゃ》を風塵から守るだけならマスクでも被ればいいわけだしね」

「それはそうだな……便利で色々できるからって何でもかんでも魔道具に頼る必要はないか。魔道具でしかできないことを魔道具でするようにしよう」

「ん、わかった。二台作るなら箱馬車型と幌馬車型の二つを作るのが良い」

「そうか？　そうだな。微妙に性能の違うものを二つ作って運用試験をするのが良いか」

　座席の数や操作系、推進装置は全く同じものにして、箱馬車型の方の浮遊装置を大型単発式、幌馬車型の方の浮遊装置を小型四点式にしてみた。風の障壁を展開する魔道具に関しては、空気抵抗を減らして移動を補助する通常モードと、弓矢などで射られた際に防御するための緊急モードを搭載した出力可変式のものにした。いざという時に防御効果を発揮できるというのは安心に繋がるだろう。

　トズメは身体の大きさの割に手先は非常に器用であった。デザインセンスも良く、幌馬車や箱馬車の作りも大まかに知っていたので、エアボードの筐体《きょうたい》作りに非常に貢献してくれた。

「トズメすごいな。冒険者としてだけじゃなく、職人としても働けるんじゃないか？」

「その道のプロには敵わないわよ。冒険者稼業で関わるものならなんとなくで作れるけど」

なんとなくでこのクォリティなら十分なのでは？　触ってみた感じ、作りそのものもなかなかに堅《けん》牢《ろう》そうだし、品質に問題はなさそうだ。

造形として接地ブレーキのことも考えた結果、箱型の大型ソリ、幌付きの大型ソリみたいな感じになった。筐体下部に装着されている浮遊装置が接地の際にエアボード本体に押し潰されないように、ソリの足の部分で高さを少し稼いでいるわけだ。また、御者がサイドブレーキのような感じで操作できる接地ブレーキも別途設置した。

「できたな」

「ん、できた」

「試験運転は……コースケとアイラがそれぞれやる？」

「そうするか。トズメもどっちかの荷台に乗ってくれ」

「それじゃあ……コースケのほうに乗るわ」

出来上がった改良型エアボードに乗り込み、燃料となる魔力結晶を使ってそれぞれ起動する。俺が箱型の大型単発式エアボード、アイラが幌付きの小型四点式エアボードだ。

「安全運転で行くぞー」

「任せて」

操縦桿《そうじゅうかん》を両方外側に倒して少し高度を取り、次に両方を少しだけ前に倒して微速前進を開始する。

「全体の重量が重くなった分、動き出しはやっぱりちょっと遅いな」

「動き出しが遅いってことは、止まる時もなかなか止まらないってことよね。早めのブレーキが重要になりそう」

「そうだな。でないと大事故になりかねない」

後ろから話しかけてくるトズメに返事をしながら慎重に加速して操作する。今回はフットペダルで操作できる方向舵も取り付けた。右側のペダルを踏めば右に、左側のペダルを踏めば左に、ある程度曲がれるようになっている。それに加えて左右の推進機に出力差をつける事によって旋回ができるというわけだ。

試験運転は特に問題なく成功し、大凡《おおよそ》同じ速度で移動した場合の消費魔力量に関しては大型単発式の方が魔力の消費量が少なかった。

「どう思う？」

「四点式のうちの一つを故意に作動不良にした状態で走らせたらどうなるかね？」

俺の提案で四点式の浮遊装置のうちの一つをわざと作動不良状態にして運用してみたところ、一つが欠ける事によって揺れや傾きが発生するものの、一応走ることはできた。

「何かの理由で浮遊装置のうちの一つが壊れた場合でも、四点式なら辛うじて走行できるというのは強みじゃないか？　単発式だと浮遊装置がイカれたら一発でお陀仏だ」

「動けなくなるのは問題だけど、それは馬車だって同じでしょう？　馬車だって車軸や車輪が破損したら、予備でもない限り立ち往生確定なわけだし」

「予備の浮遊装置を全車両に搭載するのは現実的とは言えないと思う」

「でも、軍用品ということであれば突然のトラブルで行動不能になって、現地で修理もできないっていうのは避けるべきだよな。いや、そもそもそう簡単に壊れるものでもないとは思うんだが……実際のところ、耐久性とかはどうなのかね」

「そうそう壊れるものではない。でも、走行中は常に作動させ続けることになる。どのような負荷がかかって壊れるかは実際に運用して小まめにチェックするしかない」

「一朝一夕では解決できない懸念ね」

部品の耐久テストに関しては実際に壊れるまで使ってみるしかないものなぁ。大量に作って稼働させ続けるしかないか。

「あと、製造コストに関してだけど……コースケが作る分には材料コストだけ考えれば済むと思うけど、実際に職人が作るとなると小型の浮遊装置四個よりも大型の浮遊装置一個のほうが手間はかからないんじゃない？」

トズメの指摘に俺とアイラの目から鱗が落ちた。

俺が作る分には素材を用意して作業台にクラフト予約して、時間が経てばチーンとできてくるのだが、実際にこの浮遊装置を職人や魔道士、錬金術師達が作る場合には事情が違ってくる。

例えば、魔道具のコアとなるミスリル合金製の基盤にレビテーションの魔法術式を書き込む場合、小型の浮遊装置でも大型の浮遊装置でも基盤に彫る文字数は一緒なのだ。

つまり、一つのエアボードを動かすために必要な作業時間は、小型四点式の場合は単純計算で四倍ということになる。

実際には大型基板一枚に術式を彫るのと、小型基盤一枚に術式を彫るのでは大型基板に彫るほうが作業時間はかかるかもしれないが、小型基盤四枚と大型基板一枚では大型基板一枚の方が作業時間は短くなるだろう。

「これはやっぱり俺達は技術開発だけをして、コスト面での考察はメルティとか研究開発部で検討してもらったほうが良さそうだな」

「ん。材料コストを重視するか、生産性を重視するかの判断は私達には少し難しい。トズメの意見も合わせて、材料コストと生産性、整備性などについては私がレポートを書いておく」

「頼んだ」

そういう難しい話はわかる人に任せようというスタンスでいこう。コストとか運用については専門家に検討してもらったほうが良さそうだ。そもそも作ったばかりで部品の信頼性評価もまだできていない段階だし。

とにかく運用してデータを取っていくことにしよう。

◆◆◆

翌日、作物の収穫を終わらせた俺達は、二台の改良型エアボードに分乗して後方拠点へと移動を開始した。

「おー、速いねェ。ガタガタ揺れたりもしないし、こりゃあ快適だ」

俺の操縦する改良型エアボードに乗ったシュメルは非常にご機嫌であった。彼女が大の苦手としているグランデ空輸便を回避できたからだろう。

「空を飛ぶのには敵わんが、なかなかの速さじゃな」

グランデは一番後方の座席から窓の外を見ているようだ。

改良型エアボードの外観は浮いて移動する大きなソリのような感じである。幌馬車型と箱馬車型を作ったのだが、箱馬車型のエアボードには外を見られるようにガラス窓をつけておいたのだ。

ちなみにグランデが一番後ろなのは尻尾が他の人の邪魔になるからだ。きっとあっちの幌馬車型のエアボードではザミル女史が一番後ろの席に乗っていることだろう。

「運転楽しそうっすね……」

俺のすぐ後ろからベラが声をかけてくる。恨めしそうな声で耳元で囁《ささや》くのはやめろ。この駄鬼め。

「運転したいのか？」

「したいっす！」

「じゃあ後方拠点に着いたら少し運転させてやろう。ただし、もしぶつけたら……ふふ」

先っぽしか隠れてない超マイクロビキニかフリッフリの魔法少女服を着せてやろう。ついでにまた首から板をぶら下げさせて、今度は後方拠点を練り歩かせてやる。

「敢えて何も言わないのが怖いっす。鳥肌が立ってきたっす」

「見事なさぶいぼやねぇ」

「くすぐったいっす！」

カプリに肌を撫でられでもしたんだろうか。確かにあの翼の羽でそっと肌を撫でられたらくすぐったいだろうな。

こちらのエアボードに乗っているのは全部で五名。俺、シュメル、ベラ、グランデ、カプリである。アイラの操作する幌馬車型のエアボードにはアイラ、ピルナ、イーグレット、エイジャ、ザミル女史、トズメの六名が乗っている。こっちの方が人数は少ないが、積載重量は上だ。

鬼族は身体が大きくて重いし、ハーピィさん達は体重が軽いからな。ハーピィさん三人より鬼族一人の方が重いんだよ。命が惜しいからこっちの方が重いとは言わなかったけどな！　女性に体重の話は厳禁だ。どこの世界でもな。

さて、発掘現場から後方拠点までは徒歩で一日半の距離だったわけだが、改良型エアボードを快調に走らせていると、およそ一時間ほどで後方拠点に辿り着くことができた。

別にこれで全速力というわけではない。出力的には最大出力の半分以下だ。

何で最大速度で走らないのかって？　そりゃ安全第一だからだよ。別に急ぐ旅でもないしな。一応最高速度の実験はしてある。多分余裕で時速２００キロメートル近く出てたと思う。風の抵抗を無効化してジェットエンジンで推進してる割には速度が遅い気がするが。きっと推進装置にも改良の余地があるんだろうな。今のはただの筒だし。

もっとこう、ノズルの形とか工夫したり、向きや太さを変えられたりするといいのかね？　そういや推力偏向ノズルなんてのが戦闘機についてた気がするな。研究開発部に研究を委任する時に概要を伝えておくか。実用化されるかどうかは知らんけど。

戦闘に使うなら武装化するのもアリだな……いっそ車載型の機関銃でもつけてテクニカルでも作るか？　方陣を組む聖王国軍の周囲を馬より速い足で滑るように走り回りながら機関銃掃射を浴びせるテクニカルエアボード……地獄か何かかな？

でも作っておこう。俺は敵には容赦しない人間なのだ。

一方的過ぎる？　殺し合いなんて、自軍側が一方的であるに越したことはないよ。敵だからって皆殺しにして良い訳じゃないけど、味方に死人が出るよりは出ないほうが良いに決まってる。そうやって殺されるのが嫌ならとっとと降伏すりゃいいし、そもそも戦争になんて出てこなければいい。

でもそうだな。そういうのを投入する前にしつこいくらいに警告はしておこうか。俺にだってそれくらいの良心はあるさ。ははは。

「さて、アイラ達は引き継ぎに行ったわけだが……」

「……」

赤い駄鬼がキラキラした視線を俺に向けてきている。何でお前はそんなにエアボードが好きなんだ。乗り物が好きなんだろうか？

「いいか、ぶつけるなよ」

「はいっす！」

「絶対にぶつけるなよ。もしまた大破させたらシャレにならない罰を与えるからな？　一生モノのトラウマを与えてやるからな？」

「マジ怖いっす……震えてくるっす」

真顔で言ったら物凄く怯えられた。いいぞ。怯えろ、竦め。だがぶつけたら許さん。超マイクロビキニかフリッフリな魔法少女服を着せて、首から罪状を書いた板を提げさせて後方拠点内を引き回してやる。

俺の本気度が伝わったのか、ベラの運転は非常に慎重なものだった。滑り出すような加速、まるで慣性を感じさせないコーナリング、そしてピタリと指定位置に停車。

「なんだ、ちゃんとやればできるじゃないか」

「え？　やっぱそうっすか？」

俺の言葉にベラが笑顔で振り返り、その拍子に右のスロットルが前に全開、左のスロットルが後ろに全開になったのが見えた。

「ばっ……おまっ！」

「あ」

物凄い速度でエアボードが回転を始める。

「あああああああああちょうしんちせんかいいいいいいいいいいいいい⁉」

エアボードは無限軌道で動いているわけではないから、正確に言えば超信地旋回ではない。どちらかと言うとねずみ花火みたいなもんである。だがそんなことはどうでもいい。今の問題はとんでもない速度で俺とベラの乗ったエアボードが回転しているということだ。

「ひえええええっ⁉」

「スロットルを戻せボケェ！」

「はいっす！」

がちゃん、とベラはスロットルを元に戻した。出力がカットされた推進装置から推力が失われ、徐々に機体の回転が収まっていく。

「いやー、酷い目に遭ったっすね」

「このやろう……」

「野郎じゃないっすよ」

ドヤ顔でそんなことを言ったので、頭に割と本気目にチョップをかましておく。あうち、とか言ってるが余裕あるなこいつ。

「お前に運転させるのはヤメだ。ちょっと声をかけられただけで超高速回転をかます奴に運転は任せられん」

「そんなー」

しょんぼりしながら言ってもダメだ。興味が惹《ひ》かれるような何かを見る度に突撃していきかねんかrな。

「もう一回だけチャンスが欲しいっす！　何でもするからチャンスが欲しいっす！」

「ん？　今何でもするって言った？」

「あっ……はい」

顔を引き攣《ひっ》らせるベラに、もし事故を起こしたらどんなことをさせるかを聞かせて滅茶苦茶脅しておいた。ついでに超マイクロな虎柄ビキニとフリフリの魔法少女服がどんなものなのかもしっかりと説明しておく。

「絶対に安全運転するっす」

「そうしろ……というかこんな脅しを食らってまで運転したがるとか、一体エアボードの何がお前をそこまで惹きつけているんだ」

「エアボードはかっこいいっす！　運転してて楽しいっす！」

ベラが目を輝かせ、拳を握りしめながら力説する。力説するんだがさっぱり伝わってこない。語彙が貧弱過ぎる。しかし熱意だけは伝わってきた。ここまで熱意があるなら任せてもいいか。

ベラにつきっきりでエアボードの操縦をマンツーマンで教えていたら、アイラとザミル女史が戻ってきた。引き継ぎは問題なく終わったらしい。そしてザミル女史が何か銃のようなものを抱えてきている。なんだあれは？

「おかえり。あれは？」

「ん、後方拠点で製造された試作型の魔銃。アーリヒブルグに戻るついでに資料と一緒に持ち帰ることになった」

そう言ってアイラは開発資料と思《おぼ》しき分厚い書類の束を持ち上げて見せた。なるほど？　そしてザミル女史が運んできた試作型の魔銃を受け取る。

「ほう……」

どうやら前装式の銃であるようだ。形状は前に資料として渡したマスケット銃に酷似しているな。ただ、この魔銃は全てこちらの世界の職人が一から作り出したものであるらしい。撃発《げきはつ》方式は……これはちょっとよくわからんな。撃鉄《げきてつ》らしいパーツはある。先端はごく小さな魔力結晶か何かに見えるが。

「あと、後方拠点の倉庫から色々と前線に運び出す物資がある」

「了解。今日のところは物資の受け取りとエアボードの整備をしてゆっくり休もう。出発は明日ってことで」

「ん、わかった。皆にそう言っておく」

「ああ、そうそう。ベラに操縦を仕込んでおいたから、明日はアイラが運転しなくても大丈夫だぞ」

「そう？　じゃあ、死霊魔術の魔導書に目を通しながら行くことにする」

「乗り物酔いしても知らんぞ……」

「大丈夫。魔法で治す」

乗り物酔いを治す魔法とかあるのか……なんでもありだな。

アイラとその他のメンバーをその場に残し、俺はアーリヒブルグに持っていく物資を受け取るべく後方拠点の中へと移動する。そうすると、ミスリル槍の流星を担いだザミル女史が後をついてきた。いや、流石に後方拠点で護衛は要らないと思うけど……まぁ好きにさせておくか。

「なんか付き合わせてすまないな」

「いえ、これが私の務めですから」

俺の言葉に、ミスリル製の十文字大身槍の流星を肩に担いだザミル女史は静かに首を振った。

ザミル女史は今回のアドル教経典探索行の間、シュメル達と一緒に俺の警護に目を光らせていたんだよな。可能な限りザミル女史は俺の傍で俺を守ろうとしていたし、それができない場合はアイラなりシュメルなりグランデなりが必ず俺の傍で警護につくように取り計らっていた。

俺の視線に気付いたのか、ザミル女史が視線を宙に向けながら口を開く。

「一度慢心の末にコースケ殿をキュービめに拐《かどわ》かされましたから。私は同じ失敗をしようとは思いません。この流星を賜《たまわ》った時の誓いを違《たが》えることは二度としませんよ」

「キュービか……あいつは何なんだろうなぁ」

どうにもあいつの行動は未だによくわからないんだよな。何年間も解放軍に潜伏して、最終的にやったことは俺の誘拐だ。やろうと思えばシルフィやアイラ、ダナンやレオナール卿を暗殺することもできただろうし、俺だってあんな中途半端に誘拐せずに殺すことだって容易《たやす》くできたはずだ。

挙句、俺をメリネスブルグの城に預けた末に脱出されて下水道に逃げられるという体たらくだ。もっと上手く立ち回れば俺を逃さずに捕縛したままでいられたはずなんだよな。キュービ本人でなくとも、部下の屈強な男を一人か二人俺に張り付けておけば、俺はエレン——アドル教の真実の聖女、エレオノーラが来るまで牢に入っていたはずだ。

キュービ自身は俺が地下道に逃れたという話を聞くなり、とっとと逃げたって話だし。あいつは一体何がしたかったんだ？　あのまま首尾よく捕らえられていたら、俺はライム達と接触すること無くエレンと出会っていたのだろうか。その場にキュービが居たら、どうなっていた？

わからんな。もしそうなっていたとして、キュービに何の得がある？　そもそも動機がわからんのだよな。キュービは亜人だ。それもケモ度高めで人間の中に溶け込むことは不可能なレベルの。そんなあいつがアドル教に取り入って何になるんだ？　体よく使われたとしてもアドル教……というか聖王国内で地位や名誉、財産を得ることができるとは思えない。

そもそも、聖王国側の人間だったとして、あいつはどこの派閥に属していたんだ？　俺を適当に牢屋に放り込んだ太守《たいしゅ》とやらは、エレンの話しぶりからするに主流派に所属していたようだったが、キューービも同じ主流派の手の者だったのだろうか？　だとしたら、何故俺への対応があんなにおざなりなものだったんだろうか？

同じ派閥でも単に亜人であるキューービの言葉だから重く受け止められなかったという可能性はゼロではないが、それならそれでキューービの上司は太守相手でもちゃんとモノを言えるような立場なり、命令書なりをキューービに用意して、滞《とどこお》りなく任務を全うできるように手配するはずだろう。

いや、この前提もキューービが亜人だから崩れるか……？　やっぱり不自然なんだよな、亜人のキューービが聖王国に組して動いてたっていうのが。

エレンと同じ懐古派に所属していたとしたら……？　ダメだな、どんなに考えを巡らせても推測の域を出ない。あの時は裏切られて拐われた怒りで頭がいっぱいだったが、今になって考えるとあいつの行動はあまりにも意味がわからんな。何が目的だったのやら。

まぁどんな理由があったにせよ、俺とシルフィ達を裏切った報《むく》いはくれてやるけどな。全身の毛を剃って晒《さら》し者にしてやる。俺には想像できないが、獣系の亜人にとっては死よりもなお酷い刑罰らしい。

「私も色々と考えましたが、理解できませんでした。一体キューービはいつから裏切り者で、何故裏切ったのか」

「いつか捕まえて本人に直接聞くしか無いな。毛でも剃りながら」

「そうですね、毛でも剃りながら」

その光景を想像して二人で邪悪な笑みを浮かべる。そんな俺達を見た後方拠点の住人達がドン引きしていたが、俺達は物資倉庫の管理人にそれを指摘されるまで気づかず邪悪な笑みを浮かべ続けたのだった。

だって楽しいじゃん。裏切り者を制裁する光景を思い浮かべるのはさ。

Different world
survival to
go with the master

第六話
荒野の拠点で大襲撃

明日出発する、ということを後方拠点のまとめ役である羊獣人――オヴィスに伝えると、彼は送別会を開こうと言い出した。そんな大層なことをしなくてもと思ったのだが、俺は解放軍のトップであるシルフィの伴侶《はんりょ》。アイラも解放軍の魔道士と研究開発部のトップであり、ザミル女史は一軍を任されることもある将軍のような存在だ。

そんな俺達が後方拠点を去るというのに何のもてなしもしないというのは彼の立場的にまずいのだ、とアイラとザミル女史にも言われたので、俺は彼の申し出をありがたく受けることにした。

「息抜きをする口実ってやつさね。素直に受けときなァ」

「なるほどなぁ」

俺もいつの間にか偉くなったものだ。最初はシルフィに鎖付きの首輪をつけられて、立場としては奴隷だったのにな。まぁ、ご主人様に恵まれたってことかね。

「……うん？」

茜色に染まりつつある空を眺めたその時だった。妙なものが視界の中に入り込んだのは。

「どうしたんだい？」

空を見上げて目を擦る俺を不審に思ったのか、シュメルが俺と同じ方向を見上げる。俺の予想が正しければ、彼女にはこの異変は認識できないはずだ。

「なぁ、シュメル。あの月、何色に見える？」

「月？　ラニクルならいつも通りの色だと思うよォ？」

「そっかぁ……」

この世界の空には俺の握り拳くらいの大きさがある、月に似たラニクルという星と、更にデカいオミクルという地球型惑星が浮かんでいる。普段は黄色っぽい色をしているラニクルだが、今日のラニクルは俺の目には異様に赤く見えた。まるで血のように真っ赤だ。そして、シュメルにはいつも通りの色に見えるらしい。

「黒き森に居た頃にギズマの大襲撃があっただろう？」

「あァ、あったねぇ。あん時はまァまァ楽しかった……ちょっと待ちな、なんで今そんなことを」

「あの時と同じなんだ。大襲撃の予兆かもしれん。すまんが、ちょっとアイラを呼んできてくれ。あと、オヴィスを含めてこの後方拠点の重要人物もだ。時間が無いかもしれん、急いでくれ」

「わかったよォ」

シュメルの行動は速かった。何の証《あか》しだても無い話だというのに即応してくれるのは俺を信じてくれているからか、それとも冒険者としての勘だろうか？　何にせよ助かる話であった。

「しかし、大襲撃が来るとして何が来るんだ……？」

考えられるのはギズマだろうか？　以前、数千人の聖王国の軍隊を爆薬で砦ごと吹き飛ばしたことがあった。その大量の死体はギズマ達が綺麗に処理してくれたわけだが、それはつまりギズマ達に豊富な栄養を与えたということである。数千人の聖王国軍の死体を食ったギズマ達が大繁殖して押し寄せてくる――考えられなくもない話である。

「魔物避《よ》けの結界が効かないなんてことあるか？」

この後方拠点には脈穴から溢れ出てくる豊富な魔力を利用した魔物避けの結界が張られている。結界とは言っても物理的な障壁というわけではなく、魔物が嫌がる周波数の魔力波を定期的に放ち、魔物が近寄らないようにする、といったものだ。

結界をものともしないくらいに餓《う》えているとか、何らかの理由で興奮しているとか、そういった状態であれば大群が突っ込んでくることも無いとは言えないか？

それにしてもわざわざ魔物避けの結界があるこの後方拠点に突っ込んでくるのは解《げ》せないが。

「何にせよ、迎撃準備を整えないとな」

後方拠点の城壁は高く、分厚い。ギズマ程度ではまず破れないと思うが、ギズマが来ると決まったわけでもない。何が来るかわからない以上、迎撃の準備はやれるだけやるべきだろう。

「まずは……あるものは使うべきだよな」

後方拠点の城壁の上には一定間隔でゴーレム式バリスタが設置されているので、インベントリの中からバリスタ用の矢——矢というより短い槍のようにも見える——の束を取り出し、城壁の上に積み上げていく。人手が集まり次第、各所にあるバリスタに配置してもらえば良いだろう。俺が走り回って配置するのは非効率というものだ。

「あとは……念の為にこれか」

ポテトマッシャーのような形の柄付き手榴弾が沢山入っている木箱をインベントリから出しておく。ギズマが相手なら後方拠点に配備されているゴーツフット式クロスボウとゴーレム式バリスタだけで十分対応できると思うが、あまりに数が多すぎる場合には広範囲に攻撃できる手段もあったほうが良いだろう。

ただ、手榴弾は取り扱いは簡単だけど自爆すると洒落《しゃれ》にならないからな……扱いには細心の注意を払ってもらわないといけないな。

「これで十分だとは思うが……」

この装備なら相手がギズマどころか聖王国軍の正規兵部隊でもはね返せるはずだ。だけどなんとなく嫌な予感がするんだよな……ギズマが大挙してここに押しかけてくるとはどうにも思えないんだ。

「臨機応変にカバーするしかないか……何が来るとしても城壁がある以上は対応する時間はあるはずだし」

俺は自分に言い聞かせるようにそう呟きながら、自分の装備を確認することにした。

短機関銃に突撃銃、擲弾《てきだん》発射器に軽機関銃、いざとなれば重機関銃や自動擲弾発射器、対戦車榴《りゅう》弾砲《だんほう》もある。火力は十分だろう。弾薬量もそれなりだ。とりあえず弾切れの心配は無いだろう。あいも変わらず遠距離攻撃偏重な俺の装備だが、わざわざ近寄って殴られに行くのもな。俺はこの路線で行くつもりなのでこれで良いのだ。

「……本当にいざとなれば奥の手もあるか」

そう呟いて俺は血のように赤く輝く月を見上げた。

◆　◆　◆

シュメルが走り回ってくれたようで、すぐに後方拠点の主だった人々と、今回の経典探索行のメンバー達が集まってきた。

「宴《うたげ》の準備で忙しいところ悪いが、今晩の宴は中止だ」

「「「えぇっ⁉」」」

俺の言葉に送別会の主催者であるオヴィスだけでなく、経典探索行メンバーからも驚きの声が上がった。俺もシュメルに詳しく話したわけじゃないし、何故集められたのかも正確には伝わっていなかったのだろう。それでも準備で忙しい中、俺の声掛けで皆で集まってくれた事には感謝しかないわけだが。

「事情を説明する。この中で、黒き森のエルフの里で起こったギズマの大襲撃を経験してない人は居るか？」

オミット大荒野を越えてから出会ったグランデやベラ、トズメ、その他には後方拠点の主だった人物の何名かが手を挙げた。経験者が圧倒的に多いな。

「殆どが経験者か。なら話は多少早いかな」

俺はギズマによる大襲撃の起こったあの日の夕方、今日と同じように俺の目にだけ月が赤く見えたこと、そして俺以外の人には普通通りに見えていたことを話した。

「……そう言えば、あの時もそんなことを言っていた」

俺の話を聞いたアイラが思い出したように呟く。

「確か襲撃のあった夕方、コースケとシルフィ姉と一緒に出来上がった防壁の上で偵察に出た人達を待っている時に、突然コースケが『月が赤くないか？』と言い始めたのを覚えている。シルフィ姉にも私にもラニクルの色は黄色っぽく見えていたのに、コースケだけが月が赤い、大量襲撃の予兆かもしれないって言ってた」

「アイラは記憶力が良いな。つまり一度だけだが、確たる前例があるんだ。今回も同じようにそうなると決まったわけじゃないが、前例がある以上警戒しないわけにはいかない」

「今回もその時と同じくギズマが大量に襲ってくるんすか？」

早速ベラが手を挙げ、質問を口にした。俺の言うことを受け入れる前提での質問をしてくれるのはありがたいな。

「その可能性は無くもない。以前、ここよりもメリナード王国領側に近い位置で、砦ごと数千人の聖王国軍を爆破したことがある。その死体は全てギズマが掃除をしたはずだから、それでギズマが大量発生している可能性は否定できない」

「断言しないってことは何か懸念があるわけね？」

「ああ。知っての通り、この後方拠点には魔物避けの結界がある。いくら数が増えて餓えたとしても、わざわざ結界があるこちらに来るものか？　と俺は疑問に思っている」

「確かに。結界があることを考慮すると、領域境の砦に行ってもおかしくはないですね」

ザミル女史が俺の懸念に同意を示す。オヴィス達も普段のギズマの襲撃頻度から考えて、わざわざこの後方拠点を襲いに来るとは思えないと言う。

「だが、月が赤く見える以上は恐らく何かは来る。それに関しては俺はほぼ確信しているんだ」

襲撃要素のあるサバイバル系、クラフト系のゲームでは『月が赤くなる』なんてのは大襲撃の予兆としてオーソドックスな類の現象だからなぁ。前例もあるし、俺だけが赤く見えるなんてのがいかにもそれっぽいよな。

俺の能力がサバイバル系、クラフト系のゲームと酷似しているのは間違いない。夜間に発生する襲撃の予兆を『月が赤く見える』という形で察知するのも俺の能力の一つなんじゃないだろうか。

少なくとも、俺には無関係とは思えない。関係があると考えるのが自然だろう。

「そういうわけで折角準備してくれているのに心苦しいんだが、送別会は取りやめにして急遽《きゅうきょ》迎撃準備を進めてもらいたい。夜通しの襲撃になる恐れがあるから、送別会の料理用に下拵《したごしら》えを進めている食材は、戦闘中に手軽に食べられるような料理にするように伝えてくれ」

「承知致しました。急ぎ拠点内に通達を出しましょう」

「基本的に城壁に陣取ってクロスボウやバリスタで応戦することになる。警備担当の他にもクロスボウを使える人達を集めて迎撃準備を進めてくれ」

「了解です。至急人員を招集します」

取りまとめ役のオヴィスと、警備主任を務めている犬系の獣人が素早く城壁を駆け下りていく。警備主任はともかくとして、オヴィスも足が速いな⁉　草食系でも獣人は獣人。身体能力は普通の人間よりも高いようだな。

「私達も戦闘準備を進める」

「そうだな。アイラは魔法で戦うから良いとして、ザミル女史とシュメル達はクロスボウを使うか？」

「そうします。使い方は知っていますので」

「アタシ達はクロスボウを使うより石ころでも投げた方が威力があるんだよねェ。ベラとトズメはクロスボウを触ったことがない筈だし」

「力加減を間違えて壊しそうっす」

「怒られるわよ……」

「解放軍の備品を壊されると警備主任の人が涙目になりそうだから石でも投げててくれ……」

　幸い、鉱石採掘時に石ころはいくらでも手に入るので、俺のインベントリの中には手頃な大きさの石ころが沢山入っている。石ころと言っても小石のような可愛らしいものではなく、握り拳くらいの大きさがあるものばかりなので、シュメル達が投げれば十分な殺傷能力を発揮することだろう。

「私達は爆撃ですね？」

　ピルナがいかにも楽しみですという表情でニコニコしている。そんなに爆撃するのが楽しみなのか、君は。というかハーピィさん達は四人とも嬉しそうな顔をしているな。爆撃はストレス解消にでもなるのだろうか？

「そうだな。出番があるかどうかわからんが、用意はしておこう」

　ピルナを始めとしたハーピィさん四人を爆装するための用意もしておかないとな。オヴィスに言って人手を借りるとしよう。

◆◆◆

俺の号令によって、宴会ムードであった後方拠点はすぐさま脅威に対する迎撃態勢が整えられることになった。

クロスボウを扱うことのできる大人達は武器庫でゴーツフット式——テコの原理を使ったレバーで弦を引く方式——のクロスボウと、近接戦闘用の剣や短槍、片手斧などを武器庫で受け取り、城壁上に展開して警戒を始めた。

攻撃魔法の心得のある者はそれに加えて杖を持ち出し、更に後方拠点の研究開発部の面々は試作型の魔銃を持ち出してきたようである。

「実戦でテストができるのは僥倖《ぎょうこう》だ」

「試射は何度もしてるけどね」

彼らは腰のポーチに魔力源となる魔力結晶や魔晶石、それに椎《しい》の実型の鉛の弾丸を詰め込んで、今か今かと敵勢力の出現を待ち受けている。彼らにしてみれば後方拠点への大襲撃などは体《てい》の良い実戦テストの場でしかないのかもしれない。

「投光器は良い感じだな」

「ん。視界の確保が容易」

後方拠点の城壁には魔力式の強力な投光器が設置され、拠点周辺の広い範囲を明るく照らし出していた。後方拠点の豚穴から湧き出てくる無尽蔵の魔力を使って初めて運用できるものらしく、ここ以外で使うには魔力の消費量が多すぎて今ひとつらしい。どうにか効率アップしてもらって他の拠点でも使えるようにしてもらいたいところだな。

「ん？　何かしらアレ」

近くで警戒に当たっていたトズメが声を上げる。彼女の指差す方に目を凝らすが、俺の目には何も見えない。どうやらザミル女史やシュメル達も同じようで、首を傾げている。

「何かいる。人？」

アイラも大きな目を細めてトズメが注目している方向――北東から北北東といったところだろうか――に目を凝らし、そう呟いた。人？　こんな時間に、こんな場所にか？

「北東ねぇ……グールか？」

「遺跡のグールは始末したっすよね？」

「新たに湧いて出てきたとか？」

「未探索の遺跡は埋まったままよね。そう簡単に掘り起こして出てこられるとは思えないけど……」

確かにトズメの言う通り、二百年以上埋まっていた連中が俺達を狙ってわざわざ遺跡から這い出して襲いに来るってのも解せないよな。

「グールじゃない、あれはゾンビ」

こちらへと向かってくる人影のようなものに目を凝らしていたアイラが呟く。流石魔法使い、魔物知識判定的なものに成功したらしい。

「今度はゾンビか……結構足速くない？」

グールのようにスプリンターめいた全力疾走こそしていないが、駆け足くらいの速度は出ているように見える。もっとこう、ゾンビはゾンビらしくのたのたもっさりと歩いて欲しい。

「ゾンビの移動速度は大体あんなもの。それより、発生原因が不明なのが厄介」

「自然発生ってことはないのか？」

「あの数はあり得ない」

アイラが首を横に振る。確かに、数が多いか。投光器によって照らし出される先には百ではきかない数の人影のようなものが蠢《うごめ》いて見える。一体何体いるんだ？

「こちら北壁のザミル。北東から北北東の方向より拠点に接近する集団を発見。ゾンビの集団と思われる。発生原因不明、陽動の可能性あり。持ち場を守り、アンデッドへの警戒を厳《げん》にせよ」

『『『了解』』』

俺とアイラの会話を聞いていたザミル女史が、小型のゴーレム通信機を使って東西と南の城壁を指揮している警備担当者へと情報の共有を始めた。

「陽動？」

「あくまで可能性の一つとしてです。ですが、あの小賢《こざか》しいリッチが使いそうな手でしょう？」

「あー……」

うん。北東方向からの襲撃、そしてアンデッド。この二つで黒幕については実はなんとなく察しが付いてはいたんだ。あまり考えたくなかっただけで。

「ミスリルジャケット弾で間違いなくバラバラにしてやったはずなんだけどな」

「死者の指輪も回収した」

アンデッドに効果のあるミスリルで被覆した鉛玉を山程撃ち込み、本人がそれを取ったら消えちゃうと言っていた死者の指輪もアイラが回収したのだから、やつはこの世から消え去ったはずだ、というのが俺とアイラの見解である。

「あの死者の指輪は本物だったのでしょうか」

「……死霊魔術に関係のある魔道具であることは確か。死者の指輪かどうかはわからない」

「でしょう？　アレが真実を洗いざらい話したという証しだてもありません。何より、アレには二百年以上もの時間があったわけです」

つまり、自分が何者かによって倒された場合に備えて策を講じていたのではないか？　ということをザミル女史は言いたいようである。そもそも、アイラが回収した指輪が死者の指輪であるという保証もなく、奴が口走ったことは全てウソであった可能性すらあると。

「……確かに。リッチ化するほどの死霊魔術師なら、肉体や依代《よりしろ》が破壊された時に備えて魂の退避先を用意していてもおかしくはない。つまり、あのリッチが消滅していない可能性は確かにある」

実際、不自然な数のアンデッドによる襲撃が目の前に迫っているわけだものな。

「何にせよ、襲いかかってくる以上はぶっ飛ばすしかないだろォ？」

「難しいことを考えるよりもぶっ飛ばすほうが早いっす。そろそろ石投げても良いっすか？」

赤鬼二人（脳筋）が拳大ほどの大きさがある石ころを弄《もてあそ》びながら焦《じ》れたように聞いてくる。まぁうん、そうなんだけどもね。

「ザミル女史の合図を待て。あと、俺の近くにいると煩《うるさ》いぞ」

アサルトライフルの安全装置を解除し、初弾を薬室に送り込む。ゾンビなら普通の弾でも倒せると思うけど、実体の無い霊体系のアンデッドはどうかね？　地下遺跡では出るなりザミル女史やグランデ、シュメル達に撃破されてたから試せてないんだよな。

「のう、コースケ」

「なんだ？」

「妾ならあの程度の数のアンデッド、一人で薙ぎ払えるのだが？」

「いざとなったら頼む。グランデは切り札だからな。ここぞという時にお願いする。それに、後方拠点の人達に実戦経験を積ませる良い機会だからな」

「ふむ、なるほどの。事態が悪化しすぎる前に言うのじゃぞ？」

「勿論だ。その時は頼むよ」

　俺の返事に満足したのか、グランデは城壁から少し離れた場所にある家の屋根へと飛んでいった。銃声を避けるために距離を取ったらしい。

「攻撃開始！」

　ザミル女史が号令を発し、俺もアサルトライフルを構える。それと同時に弦が弾ける音が連続で鳴り響き、大量のクロスボウから放たれた太矢が空気を切り裂きながら、後方拠点へと殺到してくるゾンビへと突き刺さる。

「効果はあるみたいだな」

「魂の入れ物である依代が破壊されれば、ゾンビ程度なら存在を保てなくなって消滅する。それに、あのゾンビは通常よりも身体が脆い」

「脆い？　なんでだ？」

「よく見ればわかるけど、あのゾンビの肉体は紛い物。だから特徴的な死臭はしないし、脆い。恐らく死体を焼いた灰や、血を吸った土で出来ている」

「廉価版《れんかばん》ゾンビなのか」

確かによく見れば、クロスボウの太矢を食らったゾンビの手足がポロポロと脱落しているように見える。あの脆さでは大した戦闘能力は無いんじゃないか？　というか、アレはゾンビと言って良いものなのだろうか？　ちょっと邪悪な土人形なのでは。

「でも、倒された端からどんどん復活してないか？」

クロスボウの太矢を数発受ければゾンビもどきは割と呆気なく崩壊するのだが、数秒でまた地面から新しいゾンビもどきが生えてきているように見える。

「どこかにゾンビを作り出し続けている本体がいる。多分あのリッチ」

「数の暴力か……しかしこんなにゾンビを発生させ続けることなんてできるのか？　身体は土から作れるとしても、中身の魂や、ゾンビを作るための魔力的なリソースは有限だろう？」

徐々に前進してくるゾンビの群れに銃弾を浴びせ、空になった弾倉を交換しながらアイラに質問する。

「勿論そう。ただ、死霊魔術には捕らえた魂を擦り潰して魔力を抽出するような邪法がある」

「えげつねぇなぁ……じゃあ魔法を使って相手を殺して魂を奪って、それを擦り潰して魔力を作って更に多くの魂を奪って……って感じのことができるわけか？」

弾倉の交換を終えて最後にボルトを引き、薬室内に初弾を送り込む。これで再発射可能になった。

「できる。だから、昔の戦場ではよく使われていた。死霊魔術の別名は戦場魔術」

「昔の戦場って怖かったんだなー……」

今は死霊魔術と呼ばれて忌《い》み嫌われているような雰囲気を感じるので、多分何かあって排除対象になったんだろうな。アイラもザミル女史もシュメル達も一様にリッチだの死霊魔術師だのって輩《やから》は信用できないって感じだったし。

「で？　どうする？　このままだとジリ貧感あるけど」

矢弾にも限りがある。後方拠点はクロスボウ用の太矢を大量生産している生産拠点でもあるから在庫は豊富だろうが、それにしたって限度というものがある。

「大丈夫。こちらの矢弾が尽きるより先に相手のリソースが枯渇《こかつ》する」

「そのこころは？」

「多分、向こうのリソースの元はコースケが砦ごと吹き飛ばした約四千人の聖王国軍。彼らが死んでからかなり時間が経っているし、魂は恐らく三分の一も回収できていないはず。あれだけの数のゾンビを作って、倒される端から無茶な補充をしていればその消費もかなり早い」

「なるほど、つまり運用が下手くそでこのままだと早々にバテると」

「ん、死霊魔術の腕は悪くなくても戦術がヘボ。指揮官としての基本的な能力に欠けている」

『五月蠅《うるさ》いわっ！　言いたい放題だなっ⁉』

アイラと話していると、どこからか突然大声が響いてきた。別に意識していたわけではなかったが、俺とアイラの会話に挑発されて親玉が出てきてしまったらしい。姿を現さずにチクチクと攻撃していれば良いのに、わざわざ出てくるとかやはりアホなのではないだろうか？

『ふはははっ！　天才死霊術師はいざという時の備えを怠《おこた》らないッ！　あの程度でこの私を倒したつもりになっていたとは実に滑稽《こっけい》！』

「や、なんか得意げなところ悪いけど別に悔しくないから」

「また湧いて出てくるとか単純に面倒なだけ」

「訓練としては有用かと」

「金になる素材も手に入らないし、ひたすら面倒だよねェ」

「しつこいっす」

「往生際が悪いわね」

『……何と言われようとここでお前達を殺し、新鮮な魂と脈穴の魔力を得ることができれば大逆転だ！』

声の発生源は城壁の前方数十メートルほどの位置に浮遊している人影のようであった。なんか黒い し薄っすら透けてる。どうやら俺にサブマシンガンの掃射で砕かれ、アイラに後で燃やされた骨の身体は捨て去って、霊体系の魔物に変化したらしい。

「とっとと成仏しろ」

俺はアサルトライフルの銃口を黒い人影に向け、容赦なくフルオートで発砲した。発射された弾丸は音速の二倍以上の速度で空気を引き裂き、衝撃波を纏って人影へと殺到する。

『うおぉぉぉぉぉっ⁉』

　衝撃波を伴った銃弾の雨をまともに食らった人影にいくつもの拳大の穴が空き、人型を保つことが出来ずに霧散した――が、すぐに黒い霧のようなものが周りから集まって再生してしまう。

『ふはははっ！　無駄無駄ァ！　レイスフォームした今の私には物理攻撃など効かないのだよ！』

　俺の銃撃の他にもクロスボウの太矢やシュメル達の投げた拳大の石ころなどが黒い人影に向かって飛んでいくが、それらは全て霊体化したリッチの身体を素通りしていってしまった。奴が無駄にテンションを上げて高笑いをしているその間に俺は新しい弾倉をインベントリから取り出し、アサルトライフルに取り付けて再装填を完了した。

『んン～？　先程効かなかったのがわからなかったのか？　学習しない奴だなぁ？』

「いや、その言葉はそっくりそのまま返すけど」

　銃口を再び霊体化したリッチに向け、引き金を引く。先程と同じように音速の二倍以上で飛翔した弾丸は衝撃波で霊体化したリッチの身体を吹き散らしながらその身体を素通りした――かに見えた。

『おぎゃあぁぁぁぁ⁉　すごく痛い⁉』

　しかし、霊体化したリッチから上がったのは物凄い悲鳴であった。それはそうだろう。俺が再装填した弾丸は弾頭を銅ではなく純ミスリルで被覆したミスリルジャケット弾だったのだから。通常武器が効かない相手には銀や魔法金属で攻撃する。基本だよな。

「遺跡で同じ手でやられたのに本当に学習しない奴だねェ……」

「アホっすね」

「頭の中身が空っぽだったから学習できないのかもしれないわね」

鬼娘《のうきん》達に言われたからか、霊体化したリッチから愕然としている雰囲気が伝わってくる。二百年以上前の認識でも鬼族は脳筋のイメージなんだな。

「しかし、俺の攻撃しか有効打がないのは厳しいな」

何度かミスリルジャケット弾で銃撃を浴びせてやったのだが、派手に痛がりはするものの倒せる気配がない。湧いて出てくるゾンビの量が減ってきているところを見ると、もしかしたらストックしている魂を自身の再生に使っているのかも知れないな。

「あの距離じゃあたし達の武器は届かないっすからね」

基本的にサミル女史もシュメル達も近距離戦闘しかできないからな。俺とアイラは遠距離攻撃がメインだけど、ミスリルジャケット弾頭は奴にダメージは与えられるが決定力に欠ける上、弾数の制限がある。アイラの魔法は有効打になり得るが、今のアイラは奴が時折放ってくる攻撃魔法から俺達や後方拠点の人員を守ることで精一杯だ。

「うりゃー！」

『うおー!?　びっくりした！』

ハーピィさん達が奴らに爆撃を敢行したが、効果はなかった。今後に備えて弾殻をミスリルでコーティングした航空爆弾の開発もしたほうが良いだろうか？

「コースケよ、妾の助けが必要ではないか？」

そう声をかけながら、後方で様子を見ていたグランデが俺の横に着地する。

「うーん……」

あのリッチは元人間とはいえ、今は魔物だしな。グランデに頼っても良いか。あまり時間を掛けて奴に変な知恵をつけられても面倒だし。

「すまんグランデ、頼む」

「任せるのじゃ！」

俺に頼られたのが嬉しいのか、グランデが頑丈な尻尾で城壁の床をビッタンビッタンと叩き始める。

うん。それ壊れたら直すの俺だから、できれば壊さないでね。

『ヌッ⁉ そいつは素手で我の下僕を引き裂いていた謎のちんちくりん！』

「誰がちんちくりんじゃ！ ぶっ飛ばすぞ！」

ちんちくりん呼ばわりされたグランデが地団駄を踏んで烈火のように怒る。比較的温厚なグランデを一言で逆上させるとは。奴はなかなかに高度な挑発スキルを持っているようだな。

『ふははは！ そのちゃちな翼で多少飛べるようだが、今の私は透明化も自由自在！ そう簡単に捉えることができるとは思わぬことだな！』

「なぁ、透明化できるなら、こっそり拠点内に入り込んでからゾンビを大量生産すれば良かったんじゃないか？」

何やら先程から防御魔法だけでなく別の魔法も用意しているっぽいアイラに小声で聞いてみると、彼女は小さく首を横に振った。

「コースケ、アレにそんな高度な作戦を遂行できるわけがない」

「……それもそうだな」

もしかしたらアンデッド化して生前よりも頭が悪くなっているのだろうか？　それとも元からなのだろうか？　そういえばあいつ、避難壕で真っ先に殺されたとか言ってたな。もしや管理者というか緊急時の指揮官として無能過ぎたせいで、激昂《げっこう》した避難民達にぶっ殺されたんじゃなかろうか。

「妾の翼がちゃち、じゃと……？」

そして激昂していたグランデが急に無表情になった。オイオイオイあいつ死ぬわ。もう死んでるけど死ぬわアイツ。

「よう言うた。妾の翼を馬鹿にしたのはお主が初めてじゃ」

『はっ……？』

霊体化したリッチも流石に何か不穏な気配に気がついたらしく、高笑いを止めてグランデのことを凝視し始めた。もしかしたらアイツにはグランデの中で激しく蠢く魔力的なものが視認できるのかも知れない。

『ま、待て、お嬢ちゃん。話し合お――』

「のじゃぁぁぁぁぁぁぁぁっ！」

『ぎぃやぁぁぁぁぁぁっ⁉』

グランデの気の抜ける叫びと同時に彼女の口から凄まじい閃光《せんこう》が放たれ、命乞いをしようとしていた霊体化したリッチを容赦なく消し飛ばした。

「流石に死んだか？」

相変わらずグランデのブレスは『炎の息』というよりは極太レーザー的な何かだな……威力が高すぎて跡形も残らなかったのか、奴の残滓《ざんし》すら見当たらないぞ。

『死ぬかと思った！』

「しぶといな……どこにいるんだ？」

「小癪《こしゃく》な……！　のじゃぁぁぁぁぁっ！」

どこからか聞こえてくる奴の声に反応し、グランデが再びブレスを放つ。

『ふははは！　無駄無駄ァ！　透明化した私を捉えることは不可能だ！』

「ぐぬぬ……」

グランデが悔しげな表情でビッタンビッタンと尻尾で石床を叩く。いやあの、砕けた破片が飛んでくるのでやめてくれ。普通に痛い。

『しかしこちらの手駒も尽きたのでな！　今日のところは引き分けにしておいてやる！　次はもっと多くの魂を掻き集めてくるからな！　お前達を殺して脈穴を奪うまで何度でも襲撃してやる！』

「だそうだぞ、オヴィス」

「心の底から御免被りたいのですが……なんとかしてください」

オヴィスがげんなりとした表情でそう言ってくるが、どうしたものか？　完全に透明化して逃げに徹されると俺には対処のしようがないんだよな。グランデですら奴の居所が掴めないようだし。

『ではさらばだ！　首を洗って待っているがいい！』

透明化した元リッチが捨て台詞を吐いて逃げて行く。しかしながら俺達にはそれを止める手段が無い。これは長期戦になりそうだなぁ……あの遺跡の再調査からしなきゃならないぞ、これは。

『なっ、なんだこれはっ⁉』

と考えていると、逃げ出したと思われた元リッチの声が再び虚空から響き渡った。おや？　なんだか焦っているような雰囲気だな。

『な、何故逃げられん⁉　や、やめろォ！』

「天才魔道士はいざという時の備えを怠らない」

アイラがそう呟き、なんだか禍々しい感じの光を放っている魔力結晶のようなものを掲げる。そうすると、前方の地面から黒い霧が勢いよく噴き出してアイラの手元へと集まってきた。

『うおーっ⁉　す、吸い込まれるぅ⁉　こ、これは魂魄《こんぱく》掌握術式だとぉ⁉』

「弱りきったお前に次はない」

やがて黒い霧は全てアイラが手に持っている魔力結晶のようなものの中に吸い込まれ、白い光を放っていたそれはいつの間にか紫色の光を放つ、見るからに厄い物体になっていた。

「アイラ、これは一体どうなったんだ？」

「死霊魔術を使ってこの結晶の中に例のリッチの魂を封じ込めた。これでもう悪さはできない」

「そう言えば、対抗手段を身につけるためって言って魔導書を読んでたな」

「ん」

そんなにじっくりと読み込んでいた感じではなかったが、アイラはしっかりと対抗手段を手に入れていたらしい。流石は天才魔道士だなぁ……どこかの間抜けな自称天才死霊術師とは格が違う。

「姐さん、実はアイラさんってヤバい人っすか？」

「十にもならない歳で宮廷魔道士になるヤツが普通なわけ無いだろォ？」

「そう言われるとそうね」

なんか鬼娘達がヒソヒソやってるが、俺はそれに構わずアイラを抱き上げ、くるくると回る。

「流石アイラ、頼りになるなぁ」

「ん、もっと褒めて」

にんまりと微笑むアイラを抱いたまま、俺は城壁の上で目を回すまで暫くくるくると回り続けるのであった。

Different world
survival to
go with the master

第七話 経典探索行からの帰還

あの大襲撃のあった夜の翌日は、撃ったクロスボウの太矢やバリスタの矢の回収や城壁の整備などで一日が潰れた。流石にその翌日に出発するのは疲労的な意味で辛かったので一日休み、夜にはしっかりと送別会をやりなおした。

そして大襲撃のあった夜から三度目の朝、俺達は後方拠点で生産された余剰物資と魔力結晶などをインベントリにぶち込み、オミット大荒野を抜けるべく改良型エアボードで北上を開始した。

およそ三時間半ほどでオミット大荒野を抜け、領域境のアルファ砦を通過して更に三時間ほど。状況に応じて路肩を走って街道を行く旅人や馬車を追い抜き、驚愕の視線を向けられたりしたが、日が傾いてきた辺りでメイズウッドの街に到着することができた。

流石に夜間の運転は怖いので、今日のところは改良型エアボードをメイズウッドの解放軍駐屯地に停めて、駐屯地の片隅に臨時宿泊所を設置して休むことにする。ここまでのペースを考えるとアーリヒブルグまではあと二時間足らずで着くはずだが、敢えてリスクを冒すこともないだろう。

「このスピードだと、早朝に出れば日が落ちる前に後方拠点からアーリヒブルグまで走れそうだな」

「ん、いけそう。魔力結晶の消費効率も思ったより悪くはない。片道一個あれば余裕があると思う」

魔力結晶というのは概ねピンポン玉サイズの青い結晶だ。これが二個あればアーリヒブルグと後方拠点を往復できるということだな。

「一応各部のチェックをしておくか」

「ん、わかった」

アイラと一緒に改良型エアボードの整備をする。構造が単純なだけに推進装置には特に問題は無いようだ。ただ、魔力結晶から魔力を各装置に流すミスリル銅合金の魔力導線は、ずっと魔力を流し続けていたせいか熱を持っており、多少の劣化が見られた。これはもう少しミスリルの添加量を増やすか、そうでなければ魔力導線を太くするかのどちらかが必要だろうということだった。

浮遊装置に関しては大型単発の方は問題なかったが、小型四点式の方は少し熱を持っていたらしい。今のところは運用に問題は無さそうだということだが、長期運用した場合、小型四点式の方がパーツとしては短命になりそうだ。

操縦系に関しては特に目立った摩耗や損傷などは見当たらなかった。意外と単純な構造だからな。もう少し操作を簡略化できないものか。多少操縦系が複雑になることを許容して、フットペダルでアクセルとブレーキ、ハンドルで左右に旋回、前進後退はシフトレバーで切り替えとかにできないかね。そうすれば片手で運転しながらもう片手で銃撃とかできそうなんだが。

いっそエアボード自体に武装を施すか？　でも武装するなら真横というか、全方向への移動ができるようにした方がいいよな。

技術的にはできなくもない気がする。推力をフットペダルで管理して、某電脳戦機なロボットゲームのように二本のスティックで移動、スティックにトリガーをつければ……ホバータンク的な感じで。うん、ロマンはあるけど車載機関銃を積んだテクニカルエアボードで十分だな。ボツだ。趣味で作るのはアリだと思うけど。いかんいかん、思考が散漫になっているな。

整備を終えたら駐屯地の食堂で夕食を食べて、臨時宿泊所でのんびりする。

この距離なら個人用のゴーレム通信機も問題なく使えるので、シルフィに連絡を取ってみることにした。コール音が何度か響き、程なくして通信が確立した。

『コースケか。この通信機に連絡があったということは、近くにいるのか？』

「メイズウッドまで戻ってきてる。経典は確保できたぞ」

『そうか、それは僥倖だ。しかし何故メイズウッドに？　グランデの翼ならアーリヒブルグまで戻ってこられるだろう』

「向こうで時間を作って乗り物を作っててな。その試運転がてら陸路で移動してるんだ。今日は荷物の受け渡しとかがあったからゆっくりめに出てきたけど、早朝に移動を始めれば日が落ちる前に後方拠点からアーリヒブルグに着けそうなくらいの速度が出てるぞ」

『ほう……また面白いものを作ったな』

　暫くエアボードの話をしていると、部屋の隅に設置したクッションの山からグランデがもぞもぞと這い出してきた。ちなみに、アイラはすぐそこに置いた机で例のリッチを封印した厄い感じの結晶を使って何かしており、ハーピィさん達は一日中飛ばないでエアボードに乗っていたのがストレスだったのか暗いのに外に飛びに行っている。

「シルフィか？」

『その声はグランデだな。旅はどうだった？』

「ふむ、どうだったか、か……満足のいくものであったぞ。コースケとずっと一緒だったし、コースケは美味しいものを食べさせてくれたし、何より妾とも契《ちぎ》ってくれたからな」

「ちょっ」

なに平然と言ってるんだお前は。

『そうか、それは良かったな。一緒に送り出した甲斐《かい》があったというものだ』

「そうじゃな。案外ヘタレよな、コースケは」

そうは言うがな、大佐。グランデは俺の中では女の子というよりも、かしこいペット枠だったんだよ。そう簡単に踏ん切りはつかないって。

『目的のものは手に入ったということだったが、危険はなかったのか？』

「最初に入った遺跡にはグールが山ほどいて、一番奥にはリッチがいたな。それ以外はたまにアンデッドっぽいのが出たみたいだが、シュメルとかザミル女史が片付けた」

「コースケがさぶましんがんとかいうやつでリッチをバラバラにしてたぞ。コースケの武器はへんてこな見た目だが強いな」

『グールにリッチか……ザミルが一緒だから心配はしていなかったが、なかなかに難儀だったようだな』

「ああ、その後倒したはずのリッチがゾンビを山程率いて後方拠点に押し掛けてきてな。ドッタンバッタン大騒ぎすることになったよ。最終的にはグランデとアイラのお陰でなんとかなったけど」

「うむ、妾役に立った」

『それはまた随分なトラブルに巻き込まれたものだな……無事で何よりだ。そういえば、経典の中身にも目を通したのか？』

「ああ、古代オミット王国の文字で書かれていたが、俺の能力で中身も読めたんだ。内容的には懐古派の望むものだったみたいだな。俺が翻訳した内容をアイラが書き写してある。他にも本は色々回収したが、そっちはまだ目を通してないな」

『そうか、それは良かった。明日は聖女に良い報せを届けられそうだな』

通信機の向こうのシルフィの声がとても安堵した声に聞こえる。これで肝心の内容が現在の主流派と同じだったとしたら色々とマズいものな。本当に幸いだった。

「明日の朝に出たら昼前の早い時間にそっちに着くと思う。俺とアイラが作った新しい乗り物を見て存分に驚いてくれ」

問題はエアボードって動きがどうしても大雑把になるから、ちょっと動いてピタッと止まってとかいうのは苦手なんだよな。街中で使ったら接触事故が多発すること請け合いだ。どうしたものか……すぐにブレーキを掛けられるように浮遊装置の出力を限界まで絞るモードをつけるか？　というか、それ以前に移動する時の推進装置の噴射で周りが大迷惑とかなりそうだな。推進装置の口径を絞る仕組みとかも考えたほうが良さそうだ。口径を細くすれば巻き起こる風もいくらかマシになるだろう。

『楽しみにしていよう。明日の昼過ぎにライム達を通して聖女と通信をする予定だから、昼前には到着してくれ』

「わかった。朝早めに出るつもりだから、結構早く着くと思う。ここからだと多分二時間弱……一刻かからないな」

『そうか……わかった。また明日、な』

「ああ、また明日」

「また明日じゃ」

通信を終了させる。本当は後方拠点にも長距離通信用の大型ゴーレム通信機があったのだが、あれは解放軍の軍務用だから私信で使うのは良くないと思って使わなかったんだよな。

やはり俺用のもっと強力な通信機を作るべき……いや、両方とも同じくらいの魔力波の出力が要るし、そう簡単にはいかんか。できないことはないと思うけど。

「とりあえず、明日だな。今日は早く寝るとするか」

「そうじゃのう。早く寝られればいいのう」

チラリとグランデが視線を向けた先は臨時宿泊所の入り口だ。俺もその視線に釣られてそちらへと視線を向ける。

「ヒェッ……」

ピルナとカプリが爛々と輝く目で俺を見ていた。

咄嗟《とっさ》に逃走経路を探して窓に目を向ける。

「ヒェッ……」

イーグレットとエイジャが窓の外からこちらに翼を振っていた。そしていつの間にかアイラが俺の側に……!? グランデもその強靭な爪の生えた手で俺の腕を掴む。

「怯える演技は別にせんでいいぞ」

「はい」

最初からこうなることはわかっていました。はい。わざわざ俺達用の臨時宿泊所を作らされた時点で察してたよね。今日は最終日だしね。

「ふふふ……いつもいつも俺がやられっぱなしだとは思わないことだな！」

俺にはエルフの里で入手した奥の手がある。これさえあれば敗北はありえん。今日こそはまとめて返り討ちにしてくれる。

「ば、馬鹿な⁉　倒したはずでは⁉」

「薬なら私の得意分野」

「体力でドラゴンに勝とうなど片腹痛いのう」

「ハーレムコロニーを形成する私達の手練手管《てれんてくだ》を甘く見ないほうが良いと思います」

「ウワーッ！」

◆
◆
◆

翌日である。

えー、本日の体力・スタミナゲージの上限値は五割減、五割減となっております。回復するまで数時間かかると思われますので、皆様俺を労《いたわ》るようにお願い致します。特にアイラとグランデとハーピィ達な。

というか君達、何か俺から吸ってはいけないものとか吸ってない？　大丈夫？　これレベルが上がってなかったり、色々なアチーブメントとかスキルで増強してなかったら死んでない？

「ちゃんと見極めている。実際安全」

「おっ、そうだな」

そういうことにしておこう。なに、今日はエアボードでメイズウッドからアーリヒブルグに帰るだけだ。その後はシルフィに会って、後方拠点から預かってきた物資を倉庫に出して、研究開発部にエアボードと試作型魔銃と魔力結晶を納品して色々説明して、ゴーレム通信機を使ったエレンと解放軍の会談に立ち会って……割とすること多いな？

ま、まぁ、ちゃんと飯食ってれば徐々に最大値は回復するから……飛んだり跳ねたり走ったりしない限りはなんでもないから……自分をどこまで騙せるものか、チャレンジ中です。

皆で朝風呂に入り、朝食を済ませて臨時宿泊所を撤去する。その光景を見て俺のやることなすことが初見の解放軍兵士が唖然としていた。恐らく解放軍がメリナード王国領を占領した後に入隊した人なんだろう。すみませんね、お騒がせして。

メイズウッドの解放軍駐屯地の人々に別れを告げ、今日も今日とてエアボードで発進だ。メイズウッドからアーリヒブルグ間は流石に通行人の数が多いが、少し高度を上げて路肩の草原を突っ走る。

商隊の馬車をごぼう抜きし、その際に商隊の護衛の人々に滅茶苦茶警戒されたりしたが、二時間足らずで俺達はアーリヒブルグへと辿り着くことができた。

え？　道中のトラブル？　メイズウッドもアーリヒブルグも解放軍の最前線だぞ。当然解放軍の巡回も多いし、その際に魔物も駆除している。盗賊なんかが寄り付くこともない。トラブルなんて商隊や行商人の馬車の車軸や車輪が壊れたくらいしかまず無いよ。

エアボードで入市検査の列が並ぶ門の前に乗り付け、エアボードをそのままインベントリに仕舞って華麗に入市検査を顔パスしてアーリヒブルグへと入る。エアボードの存在やそのエアボードを一瞬でどこかに消したことの驚きが勝ったのか、顔パスで順番を抜かしてアーリヒブルグの市内に入っても、並んでいた人達に文句を言われることがなかった。

え？　順番を守らずササッと中に入ることに対して罪悪感は無いのかって？　無いです。俺達の経典探索は一応解放軍の重要な作戦行動でもあるわけだしね。一刻も早くこれをシルフィに届けなければならない、という名目もあるし。

というかエアボードでド派手に登場してそのまま普通に並んだら、目敏《めざと》い商人に囲まれるよ。間違いなく。そんな暇は無いのだ。

アーリヒブルグに入ったらハーピィさん達とグランデ達には空から領主館へと先行してもらう。俺達が到着したのを伝えてもらうためだ。ついでにグランデに関してはここで俺との同行もとりあえず解散である。暫く寛《くつろ》ぐと言っていたので、領主館のリビング辺りでクッションに埋もれて過ごすのだろう。

アーリヒブルグの街は実に栄えていた。ここには羽振りの良い解放軍の本部があり、ヒト、モノ、カネが集まっているからだ。まぁ、その資金源は俺の作った畑の作物や、俺が採掘した宝石の原石やその加工品、それにミスリルなどの希少金属、エルフの蜜酒などのエルフの産品などであるわけだが。

「日に日に景気が良くなっているように見えるなぁ」

「メルティは中々苦労しているようですが」

「苦労してるだけの成果はあるってことなんだろうな」

　エルフの産品は特に高く売れるらしいからな。前にレオナール卿やダナンに聞いた話だと、元よりエルフの蜜酒は普通のエールの百倍の値段だったそうだ。それがメリナード王国が属国化されてからはエルフの産品が入ってこなくなり、エルフの蜜酒は幻の酒という扱いになってしまっているらしい。今ではその価値が更に百倍、つまりエールの一万倍の価格になっていてもおかしくないとか。

　この話を聞いた時は震えたね。毎日何の気なしに飲んでいた酒がそんな高級酒だったとは夢にも思わなかった。まぁ結局今も飲んでるんだけどさ。量産できるようになったし。

　ザミル女史とそんな話をしつつ、道行く顔見知りの解放軍兵士に挨拶などをしながら解放軍の本部でもある領主館に向かう。領主館の前では既に先行していたピルナ達が待っており、俺達を会議室へと案内してくれた。

「戻ったか。本当に早かったな」

　会議室にはシルフィだけでなく、ダナンとメルティもいた。レオナール卿は居ないようだ。どこかにパトロールにでも出ているのかもしれない。

「ただいま。オミット王国時代のアドル教経典の探索は無事に終わったぞ。これが原本で、この二冊が写本、そしてこれが俺とアイラで訳したものだ」

　そう言って俺は合計四冊の本を会議室の机の上に置いた。

「シュメル達はなんの問題もなく俺の護衛と遺跡の探索をしてくれたよ。遺跡の調査というか、地下にある遺跡の場所特定に関してはグランデも大いに活躍してくれた。活躍に見合う報酬を渡してやってくれ」

「それに関してはお任せください」

メルティがそう言ってニッコリと微笑んだ。大丈夫だろうか……？　まぁ大丈夫か。メルティは締めるところは締めるけど、評価は正当にするタイプだと思うし。念のために後でシュメル達に確認しよう。

え？　シュメル達との件については報告しないのかって？　俺からしなくてもどうせ後であの三人を呼び出してじっくり話をするんだろうからスルーだスルー。

「その他にも多数の書籍を発見したから、こっちは専門家に回すほうが良いだろうな。俺が手伝えばかなり作業も早くなると思う」

本の題名と目次の内容を翻訳するだけでも作業が随分と捗ると思う。

「わかった。経典に関しては後で私も内容を確認させてもらう。書籍の解析に関してはアイラに任せても大丈夫か？」

「ん、適切に処理する」

「頼んだぞ。聖女との通信による会談は昼過ぎの予定だから、昼までは自由に過ごしてくれ。シュメル達も解散してくれて構わない。報酬はギルドで受け取れるようにしてある」

「はいよォ。またなんかあったら声かけておくれ」

「ああ、また近い内に護衛任務を頼むかもしれない。その時は直接か、ギルド経由で連絡する」

「了解。んじゃァ、またなァ」

「それじゃコースケさん、またっす」

「じゃあね」

そう言って三人は去っていった。身体の大きい三人が居なくなると、なんだか急に寂しくなったような気がするな。あの三人は性格的にも付き合いやすいし、これからも仲良くしていきたいところだ。

「それで、聖王国の方はどうなってるんだ？」

「それが聖女の話だと、我々を攻撃して、奪われた領土を奪い返す方向で話がまとまってきているらしい。懐古派は和平を呼びかけているらしいが、主流派に完全に押されてしまっているようだな」

「まぁそうだよな。そうしない理由は聖王国には無いよなぁ」

俺達はメリナード王国領の南半分を奪取し、平定した。しかし、その広さというのは聖王国本土の広さや、聖王国の他の属国の領土の広さからすると大した広さではない。らしい。

実際のところ、聖王国は数十万人規模の軍を有しているという話だからなぁ……確か今の解放軍の戦闘員は全部合わせても五千人足らずだったはずだ。数の上でいけば三万人も派兵すれば俺達を押し潰せる、と考えているだろう。

実際にそんな数で攻めてきたら押し潰されるだろうな、普通なら。解放軍に関しては俺が居る以上絶対にそうはならないと思うが。いざという時の奥の手は日夜生産しておりますので。

「そして、聖王国内で懐古派の立場が悪くなってきているらしい。まぁ、主流派からすれば自分達の教義を否定して、亜人と仲良くするような連中は異端の売国奴なんだろうな」

「動きが急過ぎないか？」

「真実の聖女が聖王国内にいないのをいいことに主流派が急速に勢力を拡大しているらしい。物騒になりすぎて聖女も聖王国に帰るに帰れないそうだ」

「いつの間にそんなことに……」

ということは、エレンは今この瞬間も主流派の連中に命を狙われているんじゃないか？　俺が刺されたあの時みたいに。おいおい、こんなところでまったりしている場合じゃないぞ。早く助けに行かないとマズいんじゃないのか。どうする？　グランデに運んでもらうか？　その後は？　エレンのいるところに乗り込んで攫《さら》ってくるのか？　どうやって？　どうやってでもだ。

実際、俺の能力を駆使すれば、あの城に忍び込んでエレン一人を拉致するくらいわけないだろう。エレンを連れ出すことさえできれば、後はエアボードで騎兵の追跡をぶっちぎることだって可能だ。というか、そんな状況になっているってことを何故俺に伝えないんだ。もっと早く知ってさえいればなんとでもやりようがあったはずだ。

「聖女の言う通りになったな」

シルフィは溜息を吐き、素早い動きで俺の頬に両手を添えて真っ直ぐに俺の目を見つめてきた。シルフィの琥珀色《こはくいろ》の瞳がじっと俺の目を真正面から見据えてくる。

「実はな、聖女本人に口止めされていたんだ。自分の窮状を聞いたら、コースケはきっとじっとしては居られなくなってしまうだろうとそう言ってな」

「くっ……」

完全に読まれていた。脳裏に鼻で俺を笑うエレンの表情が過る。

「でも、どうするんだ。そんな状況じゃ、懐古派を勢いづかせて聖王国をひっくり返してやろうっていう計画が水の泡じゃないか」

「それはそうだな。だからその話し合いを今日の昼過ぎからやるわけだ」

「ぬぅ……シルフィはどうしようと考えているんだ？」

「聖女と懐古派を見捨てても何にもならん。敵の敵なのだから、味方に引き入れても良いのではないかと私は思っている。実際、懐古派の主張する『正しいアドル教』の教義というのは聖王国に対する良い武器になるだろうしな」

聖王国というのは宗教国家だ。その拠《よ》り所《どころ》である宗教の教義が実は間違っているのだということを大々的に喧伝《けんでん》すれば、聖王国という枠組みを支える屋台骨であるアドル教を大いにぐらつかせる事ができるだろう。更に、その『正しいアドル教』を支持する本物の聖女がいれば効果は更に上がる。

中立的な立場の第三国から研究者を招いて、経典の内容や、経典そのものが本物であると証明することができればより効果的になるかもしれない。

「聖女と懐古派には使い途がある。多少のリスクを覚悟の上で味方に引き入れるだけの価値があると私は考えている。メリナード王国領内にいる聖王国寄りの人間の反発を抑える効果も期待できるかもしれんしな。今もそうだが、メリナード王国の領土を取り戻した暁には、アドル教を信仰する、より多くの人間と付き合っていかなければならない。その時に聖女と懐古派は大いに役立ってくれるだろう」

そう言ってシルフィは俺の両頬に添えていた手を離した。メルティやダナンに視線を向けると、メルティは頷き、ダナンは眉間に皺《しわ》を寄せて溜息を吐いていた。メルティは賛成、ダナンは消極的反対って意見みたいだな。

「メリナード王国領を回復した後に、アドル教の信者の人間を一人残らず国外に追放するとか、皆殺しにするとかはあまりに現実的じゃありませんから。既にメリナード王国領に根付き、この地で生まれた人間だっているんです」

「それはそうだが……」

ダナンは理屈では納得できていても、感情面で納得し難《がた》いところがあるのだろう。ここには居ないが、レオナール卿もそんな感じなんじゃないかと思う。彼も聖王国の連中に妻を殺されているらしいからな。

「とにかく、私はそう考えている。異論はあるだろうが、現実的にはお互いのどちらかが滅びるまで戦い続けるなんてことは不可能だからな」

「コースケがいれば聖王国を残らず焦土にすることもできる」

「そんなことをしたら世界中の他の国から袋叩きにされるだろう……」

「ん、現実的かどうかという話に一応突っ込んだだけ。私もそんなことをして、良い結果になるとは思っていない」

物騒なことを言ったアイラがシルフィに突っ込み返されて素直に頷く。

「でも、コースケはやろうと思えばそういう選択肢を取ることもできてしまう。それも、やろうと思えば多分たった一人で。だから、コースケは元より私達も十分に気をつけなければならない。大きすぎる力は身を滅ぼす」

アイラが大きな瞳でじっと俺を見つめてくる。俺はその視線に神妙に頷き返しておいた。今までは幸い我を忘れるほど聖王国の連中に怒りを抱くようなことはなかったが、この先そうならないとも限らない。その時にやりすぎないように自制しろとアイラは言っているんだろう。

「わかった。気をつける。会談は昼食を取ってからだよな？」

「ああ、そうだ」

「じゃあ、ちょっと頭を冷やしがてら、研究開発部に行ってくる。色々渡してこなきゃいけないものがあるし」

「ん、私も行く」

アイラがとことこと俺の側まで歩いてきて、服の裾をしっかりと掴んだ。まかり間違っても今からまっすぐエレンのところに向かうような真似はさせないぞという強い意志を感じる。

「……また後でな」

「ああ、昼食は腕によりをかけて作っておく」

シルフィはそう言って微笑み、俺とアイラを送り出してくれた。昼飯までに少しでも落ち着きを取り戻しておけるように努力するとしよう。こういう時は何かに没頭するのが一番だ。

◆　◆　◆

俺の服の裾を掴んだアイラと、静かに後ろをついてくるザミル女史を引き連れて研究開発部へと移動する。その間も窮地に陥っているかもしれないエレンのことが頭の中をぐるぐると回っていた。

実際に話して状況を聞かないことにはどうにも安心できないが、考えてみればメリネスブルグの中ならばライム達が警護につくことも可能だ。この状況でエレンが暗殺されるのは俺達解放軍にとってはデメリットしかないから、シルフィもライム達にエレンを守るようお願いしているんじゃないだろうか？　くっ、聞いておけばよかった。昼食の時に聞くとしよう。今は目の前のことに集中してクールダウンだ。

アーリヒブルグの研究開発部に顔を出すと、研究者や職人達がワラワラと集まってきた。

「おかえりなさい」

「聞いたぞ、何か見たことのない乗り物に乗ってたって」

「魔力結晶の在庫が切れかけてるんです、後方から持ってきてくれました？」

「後方から試作型の魔銃を……」

「わかった、わかったから落ち着け。詰め寄るな」

うちの研究開発部は女性比率が結構高いし、ラミアの鍛冶職人さんとかは露出度が高いから色々と気を遣うんだよ。

なんとか詰め寄ってきた様々な種族の研究者や職人を押し戻し、研究開発部の大机の上に後方から預かってきた魔力結晶や試作型魔銃、それに遺跡から引き上げてきたオミット王国時代の魔道具や書籍などを積み上げる。

「ひゃっほーい！」

目的のものを掻っ攫って自分の研究にダッシュで戻る者。

「これは……」

「構造は悪くないが、威力はどうだ？」

「重いよね、これ」

後方から送られてきた試作型魔銃を検分し始める者。

「古い本が多いな……最低でも三百年前って、古いというレベルを越してる気がするが」

「温故知新なんて言葉もあるし、読んでみれば何か新しい知見を得られるかもしれないわよ」

早速オミット王国時代の書物を物色し始める者。

「古いなー、作りが」

「魔導回路に無駄が多いなぁ。使ってる素材は豪勢だけど」

「資料的価値とか美術品的な価値を見出さないとただの資源ごみだねぇ」

オミット王国時代の魔道具を検分しながらボロクソに言っている者……まったくもって今日も研究開発部はフリーダムである。

「コースケさんコースケさん、例の乗り物が見たいです」

「儂も見たい」

「はいはい、裏手の試験場でな」

錬金術師や魔道士、それに木工職人や鍛冶職人にせっつかれて研究開発部の裏手にある試験場へと向かう。ここは作ったものの試運転や試射をするための広い敷地だ。用地の確保のためにいくつかの建物を解体したことが思い出される。まぁ、アーリヒブルグが解放軍に占領されたからってことで逃げ出した富裕層の屋敷だったんだけどね。残されていた家財道具一式は解放軍が美味しく接収しました。

「これが俺達が後方拠点からアーリヒブルグまで乗ってきたエアボード。レビテーションの魔道具で全体を浮かせて、風魔法を利用した推進装置で移動する。最高速度は今使ってる推進装置でも馬より遥かに速い。朝に後方拠点を出れば日暮れにはアーリヒブルグに到着できるレベルだな。燃費は片道で魔力結晶の消費が八割くらいだ」

「ふむ……二台あるのはレビテーションの魔道具の数が違うのか」

「小型四基と大型一基なんですね」

「この筒は……風魔法の魔道具?」

「なんか刻まれている術式が変じゃないですか?」

研究開発部の連中が俺の取り出したエアボードにワッと殺到し、分析を始める。どうやら推進装置の違和感にすぐ気づいたようだ。

「アイラさんアイラさーん、この風魔法の魔道具に刻まれてる術式、なんか不完全じゃないですか?」

「不完全じゃない。それで合ってる」

同僚の錬金術師に呼ばれたアイラが推進装置に使われている改造風魔法の解説を始める。そこらで拾った木の枝で地面に何か計算式のようなものも書いているようだ。

「コースケの言葉がヒントになった」

「コースケさんって魔法使えないんですよね？」

「ん、でも私達にはない知識と技術を持っている。もしかしたら既存の魔法を大きく進歩させる知識も持っているかも」

そう言ってアイラが俺に目を向ける。アイラの解説を聞いていた魔道士や錬金術師も目を向けてくる。というか、ほぼ全員の視線が俺に集まってくる。ＯＫＯＫ、落ち着けボーイ＆ガール。そんな目で見ても突然魔法の改善案が出てきたりはしないぞ。というか、俺がこの世界ではあまり馴染みのない知識を持っていたり、この世界では突飛《とっぴ》だと言われる発想をしたりするのは今更じゃないか。自分で言うのもなんだけれども。

「今はまずエアボードじゃないかな。うん。見ての通り、その推進装置は単純な構造でな。単純な構造なだけあって恐らく破損したりすることも無いと思うんだが、もう少し工夫すればもっと効率良く推進力を生み出せるんじゃないかとも思うんだよ。そういう部分を是非追求していっていただきたい。何事も一つ一つコツコツと片付けていくべきだ」

俺の必死の主張が受け容れられ、まずはエアボードの推進装置や操作系の改善を進めるということになった。また、レビテーションの魔法を使った浮遊装置に関してはこれ以上改良のしようが無いということで、実際に大型一基と小型四基を手作りした場合、どれくらいの時間とコストがかかるのかを検証するということになった。

「そもそもどういう仕組みで力を生み出しているんだ？　こいつは」

「本来、風魔法で風を起こす時には、その出力に応じる反作用が働いている。でも、風魔法の術式の中には反作用を相殺する術式が最初から組み込まれている。その反作用を相殺する術式を取っ払うことによって、風魔法で風を起こした際の反作用をまともに受ける改造型の風魔法の術式を作った」

「それをこの筒に刻んで、風魔法の反作用で推進力を生み出しているわけですか……それってどれくらいの力があるんです？」

「実際に使ってどれくらいの力があるか試してみるといい。全力で使うのはオススメしない。死ぬ」

「死ぬ⁉」

　アイラから改造型の風魔法を伝授された魔道士や錬金術師達が順次後ろに吹っ飛んでいく。その光景を見て職人達が腹を抱えて笑っていた。

「あはははは！　ぽーんて凄い飛ぶね」

「全力でやったら死ぬってのもよく分かるな」

「あいたたた……そんなに魔力を込めたつもりはなかったのに」

「私もです……でも、これって逆に言えば魔力効率がすごく良いってことですよね」

「ん。コースケと私は、ハーピィやドラゴンはこの魔法を使って空を飛んでいるんじゃないかと考えている」

「コースケさんの発想で長年の謎が解き明かされつつあるじゃないですか……」

　華麗に吹っ飛んでボロボロになった魔道士の一人がぼやく。そうしていると、アイラがスタスタと歩いて俺達から少し距離を取った。

「そして私は風魔法の反動を抑えていた術式から新しい魔法を編み出した。みんなで私に石を投げてみて」

アイラが懐からミスリル製のワンドを取り出して構える。俺を含めた全員が互いに目を見合わせ、適当に石を拾って投げつけてみた。当てて怪我をさせては大変なので、全員あからさまに手加減をしてポイポイと投げる。

そうすると、アイラに向かって飛んでいった石が、アイラに届く前に突然勢いを失って真下に落ちた。障壁の魔法だろうか？

「障壁魔法ですか？」

「似てるけどちょっと違う。本気で投げてみて。クロスボウで撃っても良い」

「ちょっとクロスボウ持ってくる」

職人が何人か研究室に駆け出し、俺達はそれを見送りながら今度は割と本気でアイラに向かって石を投げてみた。しかし、石はやはりアイラの手前でピタッと止まって地面に落ちる。

「風魔法の反動を相殺する魔法を使って石の勢いを殺しているのか」

「そう」

「魔法はどうなんですか？」

「多分止まる」

アイラがそう言うので、魔道士の一人が魔法で炎の矢を放ってみた。そうするとアイラの宣言通りに炎の矢はアイラに命中する手前でピタッと止まり、程なくして消えてしまった。職人達が持ってきたクロスボウの矢も、俺が撃ち込んだハンドガンの弾もショットガンの弾もサブマシンガンの弾もライフル弾も止まった。

「凄い防御力だな……」

「まだ試作段階。障壁として起動すると魔力消費が異常に多い」

そう言ってアイラはワンドを仕舞って溜息を吐いた。結構疲れたようだ。

「障壁として起動すると魔力消費が多いのは、空気の流れとか、もしかしたら目に見えない分子運動とかそういうものを常に停止させ続けるからかもしれないな。というかそれ、生物を覆うようにかけたら死ぬんじゃね……?」

「無理。生物の体内には魔力が循環しているから、そう簡単に魔法で外部から干渉することはできない。圧倒的な魔力量で抵抗を抜けば話は別だけど。でも、殴りかかったり斬りかかったりしてきた相手の手や武器を止めるくらいはできるかもしれない」

実際にやってみると、振るった武器や拳は空中でピタリと止められた。不思議な感触だ。壁にあたったわけでもないのにピタリと止まる。正直言ってちょっと気味が悪い感触である。

「なんというか、発展性がありそうな魔法だな」

「ん。よく見るとこの魔法の術式にはまだ改良や分析の余地がある。術式自体は他の魔法にも使用されているから、解析中。もしかしたら全然別物の、新しい魔法ができるかもしれない」

アイラが大きな目を輝かせながらそう言う。うん、アイラはなんだかんだで魔法が好きなんだな。

魔法が、というよりも探究すべき未知が好きなんだろう。真理の探究者、みたいなことを言ってたっけ。

魔道士と錬金術師、そして職人の大半がエアボードとアイラの新魔法の開発に流れていってしまったが、新型の試作型魔銃も俺としては非常に興味のあるブツである。

皆の興味がそっちに移ったことだし、俺は他の人達があまり見向きもしていない試作型魔銃について検証するとしよう。

◆◆◆

「……ふむ、なるほど。よく考えられているな」

試作型魔銃の取扱説明書に一通り目を通し、俺は素直に感心してそう言った。この試作型魔銃は俺が研究用に提供したボルトアクションライフルと前装式のマスケット銃を参考にして、この世界の職人がこの世界の技術だけを使って作り出したものだ。

まず、弾丸の装填方式は前装式である。つまり銃口から弾丸を入れて、槊杖《かるか》——わかりやすく言えば棒で弾丸を押し込んで装填するタイプの銃だ。その構造上、当然ながら単発式である。

本来のマスケット銃であれば、銃身に火薬を流し込んでから弾丸を入れて棒で突いて火薬を押し固めるようにするのだが、この試作型魔銃では火薬は使わない。弾だけを銃口から押し込み、ごく小規模の爆発魔法を銃身の奥で発動してその爆圧で弾丸を発射するからだ。

爆発魔法ではなく風魔法でも魔銃は試作されたようだが、どうしても爆発魔法より威力が出なかったらしい。様々な魔法を試したそうだが、今のところは爆発魔法を使用するのが一番威力が出るそうだ。

銃身は黒鋼製。重いが魔法に対する抵抗力が高く、爆発魔法による銃身の劣化が一番抑えられると判断したということだ。金属としての耐久性も高いため、魔法防御力の高い防具の素材として重戦士に好まれるらしい。お値段も鉄よりは高いが魔法金属ほどではなく、錆びにくいため手入れも鉄に比べれば簡単だそうだ。

銃身にはボルトアクションライフルを参考にしたのか、ちゃんと四条《よんじょう》右回りのライフリングが切られている。弾頭に関しても椎の実型にされているようだ。底部もスカート状に窪んでいる。爆圧でこの底部が膨らみ、ライフリングに食い込んで圧力を逃さずに銃弾が発射されるようになっているみたいだな。

確か俺の記憶だと、この窪みになんか詰めるとかだったような……木栓《もくせん》だったかコルクだったか。まぁ後でここの職人に提案してみるとしよう。

銃身の根本にはネジが切られていて、尾栓《びせん》が嵌っている。この尾栓は魔鋼でできていて、爆発魔法の発動体にもなっているようだ。万が一尾栓の爆発魔法の発動体が壊れた場合は簡単な工具を使って交換できるようになっているらしい。尾栓を外せば銃身のクリーニングも楽になるな。

そして発射機構だが、撃鉄部分を起こして引き金を引くことによって銃身の底部で爆発魔法が発動し、装填された銃弾を発射する。魔力の供給は、撃鉄が落ちる火蓋に当たる場所に装填されている魔晶石から行う。この魔晶石に魔力を最大充填《じゅうてん》してあれば三十発は撃てるようになっているのだとか。魔晶石に魔力を充填できる兵士なら、弾丸さえ大量に持ち歩いていれば魔銃が壊れない限り撃ち放題だな。そうでなくとも魔晶石自体はそう大きいものではない。予備の魔晶石を持ち歩けば相当な数を撃てるだろう。急場を凌ぐなら適当な大きさの魔石や魔力結晶でも代用できるらしい。

魔石は使い捨てになるが魔物を倒せば入手できるし、魔力結晶も同じく使い捨てだが同じサイズの魔晶石よりも遥かに魔力の蓄積量が多い。同サイズの魔晶石の十倍は発射できるだろうとのことだ。魔晶石は魔力を使い切っても再充填すればまた使えるのが利点だな。非常にエコだ。基本は魔晶石を使っての運用を考えていると取扱説明書には書いてある。

そして弾頭は鋳型と鉛さえあれば野外でも製造することが可能だという。精度は若干落ちる可能性があるということだが。魔晶石への魔力の補充は魔法が少しでも使える者なら誰でもできるらしいし、銃弾もやろうと思えば前線で作れるとなれば若干は補給の助けになる……のか？　鉛なんてそうそう持ち歩くものでもないだろうけど。まぁ補給物資として鉛を供給……するくらいなら後方で銃弾を大量に作ってちゃんと補給したほうが良いよな。

前線でもいざとなれば緊急避難的に銃弾を作れるよ、というのは安心要素になるのか否か……弓矢を考えれば、やろうと思えば自分でも矢玉を作れる、というのは兵士にとっては安心要素になるのかね。そのうち土魔法で作った石の弾丸とか使い始める奴が居そうで怖いな。

何にせよ銃弾の製造自体は設備さえ整えればクロスボウの矢よりも簡単だろう。これはクロスボウに大きく勝る点だと思う。クロスボウの矢は鏃を作って、矢柄《やがら》を作って、鏃を取り付けて矢羽をつけって感じでそれなりに手間がかかるからな。

量産性に関してのレポートを見る限り、ゴーレム式の旋盤《せんばん》や推力を使った動力旋盤が普及しつつあるおかげで、銃身やその他部品に関しては量産も可能だそうだ。問題は魔鋼製の尾栓だそうだが、こちらに関しても後方拠点での魔法金属量産計画が上手く行けばある程度は量産できそうだという。

そして射撃性能に関してだが、この試作型魔銃……口径がすげぇデカい。目算で15ｍｍくらいありそうなんだが。有効射程に関しては、試射の結果およそ500メートル……？　え？　マジ？　俺が提供したボルトアクションライフルと同じくらいの有効射程じゃないか。

そして大口径の弾丸の威力はギズマ程度なら一撃で仕留めると。恐らく人間相手だと即死？　手足に当たったら手足が吹き飛ぶ？　ですよね、15ｍｍですもんね。俺が用意している最大口径のアンチマテリアルライフルでも12・7ｍｍ弾ですよ。

銃の威力ってのは口径に大きく左右されるからね。まぁ俺のアンチマテリアルライフルの方が命中精度も弾丸の初速も遥かに上だろうから、威力も射程も試作型魔銃よりも高いと思うけど。

「しかしたまげたなぁ……これはやらかしたのでは？」

こいつは完璧なる殺人兵器である。これが大量に運用されたら敵方にそれはもう大量の死体が積み上がることになるだろう。そして、何よりこの試作型魔銃はこの世界の技術だけで造られている。つまり、鹵獲してリバースエンジニアリングをすれば聖王国の連中にも製造することができるだろう。向こうにはゴーレム式や水力式の旋盤が無いだろうから、そう簡単には量産はできないと思うが。

武器として改良すべき点はまだ多いと思う。例えば重さだ。銃身の素材である黒鋼が重い上に、暴発しないように銃身自体が肉厚に造られているので銃全体の重量が重い。恐らく5キログラム以上あると思う。これを背負って行軍するのは負担……いや、こっちの世界の人族は、人間も亜人も身体能力が高いから、別に負担にならないのか……？

というかよく見たら、いざとなれば銃身が肉厚で頑丈だから武器として使えるとか書いてあるぞ。銃身が歪んだら危ないだろうが……と思ったら、銃身が異様に分厚いのは接近された時に近接武器としても使えるようにするためとか。とにかく頑丈さを追求していると。それでいいのかよ。

ま、まぁ他にも連発ができないというのも改善点だろうな。補給の問題もあるし、そもそもの製造コストの高さというのもあるだろう。すぐに大量生産されて普及するというものではないと思うが、メンテナンス性の高さなどはよく考えられていると思う。

「実際に撃ってみるか」

百聞は一見にしかずというし、とりあえず試射してみることにした。エアボードを囲んであーだこーだと議論したり、解体して検分したりしている――って。

「ちょっと待てオラァ⁉　何勝手に解体してるんですかねぇ⁉」

「大丈夫、ちゃんともとに戻すから」

「先っぽだけですから」

「細かいことを気にするな。お、試作型魔銃の試射をするのか？」

「そっちにも興味があったんですよね。やりましょうやりましょう」

エアボードのそばで議論していた鍛冶職人や錬金術師がそう言って、試験場の倉庫から壊れかけの鎧や丸太、廃材なんかを持ち出して標的としてセットし始める。

「ちゃんと直さなかったら俺が構想中の面白メカの実験台にしてやるからな……」

俺の台詞に、エアボードを解体して検分していた連中がビクリと体を震わせる。ふふ、空を自由に飛ばせてやるぞ。失敗したら地面に真っ逆さまだろうがな。

気を取り直して試作型魔銃の試射をすることにする。設置されたターゲットはおよそ50メートル先で、薄い木の板に雑に幾重もの円が描かれている。壊れかけの金属鎧を着せた丸太、ただの丸太、そして粘土製の人間大の人形である。粘土人形は土魔法で作ってあって、およそ人間の身体の強度と同じくらいの耐久性を有するらしい。

「よーし、まずは鎧から行くか」

「おー」

射手は一番射撃に慣れている俺である。射撃威力が40%向上する優秀な射手のスキルは一時的に無効化しておく。40%違うと相当違いが出るからな。

試作型魔銃を構え、アイアンサイトを使って鎧の胴部分に照準をつけ、発射する。

ズドン！　という大きな発砲音が鳴り響き、鎧の中央に大穴が空いて丸太ごと後ろに吹っ飛んでいった。銃本体が重いせいか、反動は思ったよりもマイルドだったな。

「……凄い威力ですね？」

「ちょっと予想以上だな」

「これ、鎧とか役に立たんのじゃないか？」

俺の側から試射を見ていた猫獣人の錬金術師が驚愕し、ドワーフの鍛冶師が顔を顰《しか》める。そりゃこの威力だと生半可《なまはんか》な装甲は貫くだろうなぁ。

次に粘土人形を撃つと、胴体にどでかい風穴が空いた。首に命中させると頭が飛び、手足に命中させると手足が吹き飛んだ。これは酷い。

そして50メートルでの命中精度はおよそ2センチメートル以内と思われる。なんでおよそかって？　一発目で的の中心にこぶし大の穴が空いて、それ以降何発撃ってもそのワンホールに収まったからだよ。

ちなみにドワーフの鍛冶師にも撃たせてみたが、およそ俺と同じ結果になった。

「儂でもこの程度の射撃ができてしまうというのはまさに驚異的だな……」

「ちょっと訓練すれば誰でもこの距離で敵兵を一撃で仕留められるってことですもんね」

試しにアイラに普通の障壁魔法を張ってもらって鎧を着せた丸太を撃ってみたが、問題なく障壁を貫いて鎧もぶち抜いて丸太をふっ飛ばした。

「……ちょっと凶悪すぎるのでは？」

「武器としては申し分ない性能。ただ、正直現状ではクロスボウでも聖王国軍を圧倒できると思う。少数配備して聖王国軍の魔道士部隊を仕留めるのに使ったほうが良いかも」

「その辺りはシルフィとダナンに報告だな……まぁ、試作型とはいえ、これはかなり完成度が高いんじゃないか」

勿論、実際に運用してみないと出てこない改善点というのもありそうだが。例えば引き金とか撃鉄周りの機構はそれなりにデリケートそうだから、乱暴に扱ってると壊れそうな気がするし。これは改善点になりそうな気がするな。

「もしこれを前線に配備するなら、兵にはどの程度の物資を持たせるべきですかね？」

「まずは弾丸だよな。魔晶石がフル充填されている場合には30発は撃てるらしいし、最低30発。できれば倍の60発が理想か。魔晶石も予備が一個あるといいな」

「あとは整備用の工具だな。尾栓も一個予備で持たせるのが良いと思うが」

「尾栓はこの武器のコア部分だろう？　持たせて戦場で紛失とかしたら大変だぞ。故障したら素直に後方に下がるようにしたほうが良いと俺は思うが」

「ふむ、それはそうかもしれんな。なら銃身の清掃用の道具と、尾栓を取り外すための工具だけで良いか。銃弾は60発で良いのか？　矢に比べれば軽いものだし、もっと持たせても良いと思うが」

「補給の状況次第だな。場合によってはもっと多くても良いかもしれん。実際には食料や水、ポーションなんかも持ち歩くことになるだろうし、その辺は他の装備との兼ね合いもあるよな。接近戦用に剣を持って歩きたいという話になれば更に装備重量は増えるし」

　試射が終わって性能についてはある程度把握できたので、今度は運用面について議論をしていく。実際に革製のポーチなどに銃弾を入れて重さを確かめていく。銃弾一発の重さはおよそ32グラムなので、30発でおよそ1キログラム。60発でその倍のおよそ2キログラム。結構な重さだが、専用ポーチを作って携行させるなら基本は60発入りので良いかもしれんな。状況によって配布するポーチの数を増やせば良いだろう。

「とりあえず50丁作って三十人くらいの試験部隊に配備、運用試験をするって方向で良いんじゃないか。運用試験もせずにいきなり実戦投入とか、危なっかしくてできたもんじゃない」

「そうだな、儂もそう思う」

「じゃあそういう方向で報告書を書いておきますね」

一緒に量産型魔銃の検証をしていた猫獣人の錬金術師の発言に頷いておく。試作型魔銃の検証についてはこんな感じでいいだろう。聖王国軍は俺達がこんな凶悪な兵器を次々と開発しているだなんて夢にも思っていないだろうな。戦うことになったら一方的な展開になりそうだ。

これから恐らく起きる戦いで倒れるであろう聖王国の兵士達が少し気の毒に思える俺であった。気の毒には思うが止める気はさらさら無い。俺にできることは精々念入りに降伏勧告をすることくらいだな。

◆
◆
◆

不安になるようなことをできるだけ考えないように様々なものの開発に専念したおかげか、昼食の時間までは比較的平穏に時間を潰せたように思う。しかしいざ開発から離れてエレンのことを考え始めると再び胸中に不安が押し寄せてきた。エレンは大丈夫だろうか？　危険な目に遭ってはいないだろうか？　俺が傍に居たからって何かできるというわけではないかもしれないが、彼女の危機的状況を知った身としてはやはり落ち着かない。

「コースケ、不安そう」

「うん、正直言ってかなり不安だ。アイラも聞いたかもしれないけど、あいつは一回バジリスクの毒を塗った短剣に狙われてるんだ。あの時は偶然俺が庇《かば》った形になったから事無きを得たけど、また同じことが起きたらと思うとな」

隣を歩くアイラに俺は素直に心情を吐露した。

俺は稀人としての能力があり、なおかつ即座に聖女たるエレンの治癒の奇跡がかけられ、更に奇跡の力を増幅する神殿内で刺されたという、偶然に偶然が重なった奇跡のような状況があったから生き残る事ができたのだ。

あの時刺されたのが俺でなくエレンだったとしたら、恐らく彼女が生き残ることは難しかっただろう。いや……俺が目の前で刺されたエレンを見捨てはしなかったか。解毒ポーションやライフポーションを駆使して生かした可能性は高いな。

そうなるとなんというか、俺とエレンの出会いは色々な意味で運命的なのかもしれない。どう転んでも俺とエレンは出会い、親しくなっていたんじゃないだろうか。やっぱり超自然的な存在の介入を感じるな……もし、この世界に来たあの日、森でなく荒野に行っていたらどうなってたんだろうか？

火を焚かず、あのトカゲモドキと交戦せずにシルフィに追跡されなかったら？

それでもシルフィと出会ってたのか、それともアイラやメルティと出会うことになっていたのか……どう転んでもエルフの里に行くことになってたんだろうなぁ。

この先には一体どんなシナリオが組んであるのやら……いや、俺の運命に何かが干渉していたとしても関係ないな。俺は俺の思うようにベストを尽くすべきだろう。どんな仕組みがあるにしても、俺自身が俺の望むような結果を引き寄せられるように、やれることを全力でやっていくべきだ。神は自らを助ける者を助くと言うしな。

「とは言え、現実問題、心配してもどうしようもないんだよな……メリネスブルグは物理的に遠すぎるし。後先考えずに助けに行ったとしても、万が一俺が死んだり聖王国軍に捕まったりしたら本末転倒だ」

「ん」

アイラは言葉短に俺の言葉に同意した。本当は言いたいこともあるだろうに、それを飲み込んで。

アイラからしてみれば、自分自身で顔も見たことがない相手に俺が執心しているのは面白くないよな。しかも、エレンは懐古派とはいえアドル教の聖女という立場なわけだし。余計面白くないだろう。

「なんかごめんな」

「謝る必要はない。コースケが聖女のことを見捨てるような態度を取るほうが不自然。そんな甘くて優しいコースケだから私も好き」

「そっか……ありがとう」

「ん」

アイラが俺の手――というか指を握ってくる。アイラの手はちっちゃいからな。そうやって手を繋いで領主館に帰ると、食堂でシルフィとメルティ、それとグランデが待っていた。一緒に食事を取るのは他には俺とアイラだけらしい。

「ダナンやザミル女史は一緒に食べないのか？」

「ダナンは他で食べる予定があるらしい。ザミルは私の手料理を食べるのは畏れ多いと」

「シルフィは一応姫殿下ですからねー」

「一応とは何だ、一応とは……正真正銘姫殿下だ」

キッチンから鍋を運んできたシルフィが、メルティの頭に軽くチョップをかます。この二人の関係性はなんというか不思議なんだよな。特にメルティ側がこう、オンとオフを完全に分けてる感じがする。

「それで、気分転換にはなったか？」

「まぁ、うん。帰ってくる途中でまた考えすぎちゃったけどな」

「やれやれ……まぁコースケだから仕方ないな。ライム達に聖女の身辺警護についてもらっているから心配は要らん」

「そっか……それならまぁ、うん。安心か」

ライム達の強さは俺自身が身に沁みてよくわかっている。正面切っての戦闘では俺は手も足も出ない。グランドドラゴンのグランデを圧倒するメルティですら、一人相手に勝てるかどうかという実力のライム達が三人もエレンの警護についているというのなら安心だ。

シルフィの作ってくれたスープや鶏肉っぽい肉を挟んだサンドウィッチのようなものを食べながら、経典探索行の間にあったことや向こうで作ったエアボードの話、そして今しがた見てきた試作型魔銃の話などもする。

「そっちは刺激的な毎日だったようだな。こちらは退屈と言っても良い日々だったぞ。ルーチンワークとでも言えば良いのか」

「大事件が起きなかった、というのは良いことだと思いますけどねぇ」

サラダをもしゃもしゃと……ではなくお上品に口に運びながらメルティが苦笑を浮かべる。

「そうじゃの。平穏無事な日々というのは時に何物にも代えがたい貴重なものだと思うぞ。特にお主らにとってはの」

「俺達にとってはね。確かにそうかもな」

多分近いうちに聖王国軍とやり合うことになるだろうからな。そうなったら暫く血塗《ちまみ》れの日々になるだろう。きっと俺は直接血を被《かぶ》るような場所に行くことはないんだろうけど。

ホッとする半面、そんなことで良いんだろうかという気持ちもある。俺が皆に武器を与えて戦場に送り込んでいるようなものだからな。それで敵の聖王国軍兵が沢山死ぬし、恐らく解放軍側にだって被害は出るだろう。

「また思い悩んでる？」

「ちょっとな。まぁこれは割り切ったことだし、そんなでもない」

シルフィと一緒に地獄の底まで行くことはとっくに覚悟したことだしな。やるなら中途半端は良くない。とことん突き抜けてやるまでだ。後のこの世界の歴史で史上最悪の大量殺戮者《さつりくしゃ》と言われそうな気がするが、知ったことじゃないな。

「コースケさん、この食事用のナイフは食事に使うためのものなんです。これを武器として前線に送るなんてありえませんから」

「言いたいことはわかるが、もう少し剣呑《けんのん》なものだと思うぞ、俺は」

「それもそうですね。斧……それもミスリル製の伐採斧くらいには物騒ですよね」

「ふふ、そうだな、それくらい物騒だな。伐採斧と舐めてかかったら武器と鎧ごとばっさりだな」

「言い得て妙じゃの。妾はそれくらいではまだ甘すぎる評価だと思うがの」

「ん、グランデの言う通り。コースケを野放しにすると、下手をすると一人で聖王国軍を塵《ちり》にする」

「それは言い過ぎじゃない？」

　またまたご冗談を、といった様子でまともに受け取らないメルティに、アイラが静かに首を横に振った。

「言いすぎじゃない。私は冗談で言ってない」

「砦を吹き飛ばした時のように策を使えばの話だろう？」

　シルフィの言葉にもアイラは首を横に振った。

「コースケが本気でなりふり構わず聖王国を滅ぼしにかかったら、聖王国が十万の兵を率いてきても、野営しているところを遠くから、安全に、跡形もなく吹き飛ばせる」

　そう言ってアイラはじっと俺の顔を見つめてきた。アイラに本気で魔煌爆弾や推進装置を使ったロケット砲撃に関して話したことはなかった筈だが……アイラも俺と一緒に色々作ったりして長いからな。予想がついてしまったんだな。

「やれるかどうかという話なら多分できるな。そうする予定は今のところはないぞ。そうすれば聖王国に勝つことはできるだろうけど、俺が一人でそんなことをしたら色々問題が出るだろ」

本当にそんなことをやると言うなら魔煌石爆弾を作って爆発実験をしなきゃいけないし、確実に爆発させるための爆破装置作りや、確実に魔石爆弾を目的地付近に飛ばすロケットの開発もしなきゃならない。魔煌石爆弾搭載ロケットを撃ち込んで自分も吹き飛んだら洒落にならんからな。

「いつの間にそんな大変なことになっていたんだ……」

「最初からそうだが、俺は完全に戦略兵器枠だよな」

食料や武器の大量生産、この世界には存在しなかった強力な投射兵器の開発、それに遠距離から広範囲を面制圧する能力まで獲得できそうだからな。俺が聖王国の王様だったらどんな犠牲を払ってでも取り込むか殺すかするわ。

「……そんな話を聞かされたら何が何でも前線に出すわけにはいかなくなったわ」

「ですよねー。でも俺の能力を十全に活かすなら前線から近い場所に置くのが一番だぞ」

俺の能力のキモは建築解体能力とクラフト能力だ。特に建築解体能力は後方よりも前線近くの方が遥かに役立つ能力である。

「だから後方に大切にしまいこまないで前線に連れて行ってくれよな」

俺の物言いに、シルフィとメルティは無言で顔を見合わせて溜息を吐いた。俺だってここは譲らないとも。ある意味俺が戦争を助長しているわけだから、せめてその光景や空気をちゃんと自分の目で見て、肌で感じないとな。それが俺の責任ってもんだろう。

「その件については夜にでもじっくりと話し合おう。なんならベッドの上でな」

「そうですね、そうしましょうか」
「お、楽しそうじゃの。妾も交ぜてくれ」
「……これぱっかりは譲らないぞ」

君達、いざとなったら寝技（直球）で俺をどうにかできると思っているだろう？　俺の鉄の意志はそんなことでは曲がらないからな。曲がらないったら曲がらない。だからちょっと落ち着いて。穏便に。な？　というか面白そうとか言って交ざるなよグランデお前この野郎。

夜までにこの件を忘れさせないとマズい気がする……エレンに期待しよう！　頼むぞ聖女様！　本当に頼むぞ！

第八話
聖王国情勢の急展開

昼食を終えた後、俺とシルフィ、そしてアイラとメルティの四人は領主館の二階奥にある通信室へと向かった。元々はこの領主館の貴重品保管庫——所謂宝物庫《ほうもつこ》だった部屋である。まぁ、この領主館を接収した時には既にもぬけの殻だったらしいが……貴重品というか、機密性の高い品である大型ゴーレム通信機の設置場所としては申し分ない場所である。

「姫殿下」

通信室に入ると、そこには既にダナンが待っていた。通信室に詰めていた解放軍の兵士と何か話をしていたようだ。

「待たせたか」

「いえ、私も来たばかりです」

「そうか、皆もご苦労」

「はっ！」

通信室に詰めていた解放軍の兵士達がシルフィに敬礼をする。緊急の通信が入った時に備えて人員をここに貼り付けているらしい。ただ待機しているだけでなく、何か書類仕事をしているようだが……流石に手に取らないと書類の内容はわからんな。この部屋の機密性を考えると諜報関係の書類だろうか？

「奥の部屋を使うぞ」

「はい」

シルフィが通信室に詰めている兵に声をかけて更に奥の部屋に入っていったので、その後に続いて俺達も更に奥の部屋に入室する。そこには目的の大型通信機が鎮座していた。

シルフィは慣れた手付きで通信機を操作し、相手方の呼び出しを始めた。すると程なくして通信が確立され、通信機の向こうから声が聞こえてきた。

『はーい、メリネスブルグのライムだよー』

通信機の向こうから物理的にユルそうな声が聞こえてきた。うん、名乗ってるけど間違いなくライムの声だわ。

「ライムか。私だ、シルフィだ」

『ひめでんかー。げんき？』

「ああ、元気だぞ。今日はコースケもいるぞ」

『コースケいるのー？』

「ああ、いるぞ。久しぶりだな、ライムも元気にしてたか？」

『うん！　ライムはいつもげんきー！』

ゴーレム通信機の向こうからライムの嬉しそうな声が聞こえてくる。ぺたんぺたんと音がするのはきっとポンポン跳ねているからだろうな。とっても嬉しいらしい。

「ライム、今日は聖女との定期連絡の日だ。聖女は王族区画に来ているか？」

『うん、待ってるー』

「そうか、それでは通信を繋いでくれるか？」

『わかったー。あとでコースケとお話ししていい？』

「ああ、良いぞ」

『わーい！　それじゃあつなぐねー！』

少しの間を置いて、通信機から声が聞こえてきた。

『聞こえますか？　エレオノーラです』

「ああ、聞こえている。こちらはシルフィエルだ。今日は良い報せがあるぞ」

『良い報せ、ですか？』

きっと通信機の向こうでは首を傾げているんだろうな。

「ああ、オミット王国時代の遺跡からアドル教の経典が見つかった。内容を確認した結果、懐古派の主張を裏付けるものだと確認できた。当時のアドル教が発行した原本が一冊と、写本師による写本が二冊見つかっている」

『そう、ですか。それは良い報せです。ですが、私からは悪い報せがあります』

「悪い報せ？」

『はい。本国で兵の招集が始まっています。目標はこの国です。本国は属国で起きた反乱を制圧するつもりのようですね』

「そうか。思ったより遅かったと言うべきかな」

シルフィが顎に手を当てて考え込む。確かに、俺達がアーリヒブルグに到達してからかなりの日数が経っている。メリナード王国に展開していた聖王国軍はアーリヒブルグ以南からすでに掃討《そうとう》されており、動き始めるには少々遅いように思えてしまうのだが……まぁ聖王国は大国だ。国というものは大きくなれば大きくなるほど動きが鈍くなるものなのだろう。

『驚きも慌てもしていませんね。恐ろしくはないのですか？』

「私達はこの事態を予測していたし、対応するために準備も進めてきた。それだけの話だ」

そう言ってシルフィは俺に視線を向けてくる。

確かに、俺達は聖王国の本国から送られてくるであろう聖王国軍に対応するために準備を進めてきた。ボルトアクションライフルや魔銃を全軍に配備するのは不可能だろうが、ゴーツフットクロスボウやゴーレム式バリスタの量産は進んでいる。魔鉄や魔鋼などの魔法金属の量産計画も実を結びつつあり、魔力結晶に関しては既に量産体制だ。

そして、大軍に対して極めて高い効果を発揮するであろうハーピィさん用の航空爆弾に関しては、コツコツと俺が日夜量産している。ハーピィによる航空偵察・爆撃部隊も人員を増強中である。俺と関係を持っているのは今のところ黒き森に避難していたハーピィさん達だけだけどな。でもたまにハーピィ航空隊の訓練を見に行くと目つきが怪しいんだよな……流石にあの人数は死ぬぞ、俺。

「ともあれ、聖王国の動きを教えてくれたことは感謝する。そちらの状況はどうなのだ？　懐古派の状況はあまり良くないのだろう？」

『そうですね、よろしくありません。本国で懐古派はかなり追い詰められてしまっているようです。主流派は懐古派の教徒を次々に異端審問にかけて拘束しているようで……懐古派の教徒達は徐々にメリナード王国領に移動を始めています』

「懐古派に対する弾圧が始まっているのか……形振《なりふ》り構わずって感じだな。でも、そうなると経典は

――」

『その声はコースケですか？　そこにいるのですか？』

「おう、いるぞ」

『その声を聞くのは久しぶりですね。そういえば、そちらではエルフの姫や単眼族の少女や、多くのハーピィや、羊獣人の女性と、それはもうよろしくやっているのだと聞いていますよ。私を放置してお盛んですね？　このケダモノ』

「事実なだけに否定できねぇ……だけどエレンのことは常々気にしていたぞ。本国の状況が悪くなって危険な目に遭ってないか？」

『今のところは。私にかかれば不埒《ふらち》なことを考えている輩など一目瞭然ですから』

「ほんとかぁ？　そう言う割には大聖堂で暴漢に刺されかけたじゃないか」

『あの時はたまたまです。馬鹿にしているんですか？　毟《むし》りますよ？』

「何を!?」

エレンとのこういうやり取りは久しぶりだな。なんて考えていたら通信室にいる女性三人に滅茶苦茶ジト目を向けられていた。

「話には聞いていたが、随分と仲が良いのだな？」

「気を許し合っている」

「ふふ、仲が良いですねぇ……」

ＯＫＯＫ、落ち着け君達。今はそんな話をしている時じゃない。そうだろう？

「おほん。ええと、それで今後の方針としてはどうするんだ？　とりあえずこの経典と写本をエレンに届ける必要があるよな？」

「露骨に話を逸らしたな……まぁいい。そうだな、そうする必要があるだろう。今になってそれにどれだけの意味があるのかはわからんが、無いよりはあったほうが良いのだろう？」

『勿論そうです。主流派の主張を崩し、不当な異端審問やそれによる拘束をやめさせるのに必要ですから』

「ふむ、なるほどな。どうやって届けるべきかな？」

「信頼できる人員に託して届けるのが良いでしょうね。とはいえ、こちらから普通に馬車で向かうとソレル山地を大きく迂回する必要がありますから……」

　そう言ってメルティは俺に視線を向けた。

「できるだけ目立たずに素早く届けるってことならグランデ案件だろうな。確か普通の街道を使うと馬車で二週間だったか？」

　エアボードを使えばもっと速いだろうが、エアボードで街道を爆走するのは酷く目立つ。それなら人通りが全く無いソレル山地の上をグランデに飛んでもらう方が良いだろう。そしてグランデに飛んでもらうとなると、俺が行く必要がある。グランデは解放軍に所属しているわけではなく、あくまでも俺との個人的な友誼《ゆうぎ》を通じて解放軍に協力してくれているだけだからな。

「それはそうだが……だからといってコースケを一人で行かせるわけにはいかんだろう？」

「また私が角を落としましょうか？」

「それはやめろよ……」

「ん、もう二度とやっちゃだめ。冗談じゃなく死んでもおかしくない」

一回やったら二回も三回も同じとか言うつもりじゃあるまいな。確かにグランデから血を貰えばまた治す事はできると思うが、角を切ること自体がとっても危険な行為だって話だし、本当にやめて欲しい。

「でもどうします？　そうなるとコースケさんを一人で送り出す以外の選択肢がないですよ？」

「護衛として解放軍の人間の兵士をつけたらどうだ？」

「姫殿下。それは勿論できますが、場合によっては却《かえ》って足手まといになる可能性もあります」

今まで後ろで沈黙を守っていたダナンがそう言った。確かに、ダナンの言う通り下手に護衛を連れて行くと足手まといになる可能性はある。一度誘拐されてからというもの、人間の兵士とはあまり関わってないから俺の能力を把握していない人も多いだろうしな。

「だが、一人で向かわせるのはあまりに危険ではないか？」

『危険がないように私が差配しますよ』

「エレオノーラ殿を信じろということか？」

『信じられませんか？　もはや私達は一蓮托生《いちれんたくしょう》ですよ。少なくとも、私はそう思っています』

通信機の向こうから聞こえてくるエレンの声にシルフィは目を瞑《つむ》って考え込んだ。俺も考える。

まず、エレンを信じないというのは、事ここに至ってはあり得ないだろう。特に俺はエレンを疑うつもりはない。彼女が危険がないようにすると言うのなら、彼女はそのように動くだろう。

俺以外が行く選択肢も無いな。経典は万が一にも紛失するわけにはいかない。インベントリを使える俺が行くのが一番なのは火を見るよりも明らかだ。

経典が見つかったから、エレンの元へとそれを届ける。これは既定路線だ。

そしてグランデに運んでもらうことを頼むのであれば、やはり俺が行くのが筋であろう。そもそもグランデを便利な足代わりに使うのはどうかと思うが、今回ばかりは事情が事情なので土下座をしてでも頼み込むしかあるまい。

他の選択肢としては……そうだな。ハーピィさんにソレル山地を越えて経典を運んでもらうという手もあるか？　でも、ハーピィさんだけでソレル山地を越えるのは難しいだろう。あそこにはハーピィさんと遜色のない飛行能力を持つワイバーンがいるし。どう考えても危険だ。

「グランデに頼んで俺が空路で行くしかないんじゃないか？」

「それは……だが、しかし」

「俺のことなら心配要らないぞ？　前と違って装備も潤沢なわけだし、何かあっても多分なんとでもなる」

「……」

俺の言葉にシルフィは苦虫を噛み潰したような渋面を作って見せた。見れば、アイラとメルティも似たり寄ったりといった表情をしている。

『では、コースケがこちらに来るということで良いですか？』

「即答は控えさせてくれ。こちらとしても大きな決断となる。明日、同じくらいの時間にもう一度会合を開きたいと思うが、どうだ？」

『では結論はその時に。ただ、時間的な余裕はあまりありませんよ。軍というものは一度動き出すとそう簡単には止まりません』

「わかっている。一日だけ検討させてくれ」

『わかりました。少しコースケと話をさせてもらっても？』

「……はぁ、良いだろう。私達は席を外させてもらう」

『感謝します』

通信機越しにエレンとそんなやり取りをしたかと思うと、シルフィは踵を返して俺の頬を摘《つま》んで少しだけグイグイと引っ張った後に通信室から出ていった。

「おふっ」

アイラは俺のみぞおちの辺りに頭突きをしてぐりぐりしてから出ていき、メルティはシルフィが摘んだのとは反対側の頬を摘んでグイグイと引っ張ってから出ていった。ダナン？　ダナンは無言でさっさと出ていったよ。

そして通信室に俺だけが残ることになる。

「あー、んー……さっきも聞いたが、本当に大丈夫か？　何か危険な目に――」

『大丈夫じゃないです』

通信機の向こうから拗《す》ねたような声が聞こえてくる。

『寂しいです。もっと早く声が聞きたかったです……ばか』

「んんっ！」

あまりにも可愛らしいエレンの言葉に、色々な感情と共に強い罪悪感が浮かび上がってきて悶絶《もんぜつ》する。くっ、幼児退行したシルフィ並みの破壊力が……！

「正直すまなかった。色々とこっちでやることがあったりしたし、このゴーレム通信機は基本的に解放軍に管理してもらっている装備だから、私的に使える感じじゃなくてな……ライム達やそっちのスケジュールにも合わせないといけないだろうし」

『うー……いいです。きっと近いうちに会うことができるんでしょうから、我慢します。私は聖女ですから。忍耐力の強さには定評があります』

エレンの中では俺が向こうに行くことが既定路線であるようだ。まぁ、俺もそう思っているけれど。経典を迅速にメリネスブルグに届けるには、どのような方法を取るにしろ俺が向かう必要があるだろう。

『待っていますからね』

「期待に沿えるよう努力する」

こうして俺は暫《しば》しの間エレンと言葉を交わすのであった。

◆　◆　◆

『それでは……近日中に会えることを期待しています。期待していますよ？』

「ああ、きっとそうなると思う。俺もエレンに会えるのが楽しみだよ」

『……嘘じゃないようだから許します。私も、楽しみです。では……また』

「ああ、また」

名残惜しそうなエレンにそう告げる。そしてゴーレム通信機を操作して通信を切り――。

『切っちゃだめー⁉』

『ちょっと、まだ切るんじゃないわよ⁉』

『私達ともお話をして欲しいのですよ⁉』

「おおう、そうだなすまん」

ゴーレム通信機の向こうからライム達の声が聞こえてきて、俺は慌ててゴーレム通信機を操作しようとした手を止めた。そうだ、最初にライムがシルフィにそんなことを言ってたっけ。

『コースケは意外と薄情なのです⁉』

『聖女にかまけて私達のことが頭からすっぽ抜けただけでしょ。コースケらしいわよ』

「面目ねぇ」

俺は平謝りをした。弁明の余地がないので。

『まぁ、話は全部聞いたし、動向については質問はないわね』

『聖女とのプライベートな会話も筒抜けなのです』

『あつあつー⁉』

「おお……もう」

ライムを経由して話していたんだからそれも当たり前の話だな！　全く意識せずに会話してたわ！ま、まぁ聞かれてそこまで恥ずかしい話はしてないし？

『私達もコースケに会えるのたのしみー』

『そ、そうね。まぁ、楽しみよね？　こっちに来た時は私達のところに滞在するのよね？』

『公式な解放軍からの使節というわけではないので、聖女のところに滞在するのは問題があると思うのですよ？』

　確かに、事ここに至っても聖王国は俺達解放軍を正式な『敵国』としては認めていない。これはまだ聖王国が俺達解放軍の行動を一地方の反乱としてしか見ていないということであるし、周辺諸国も今のところはそう見ているということでもある。国家として認められてないというわけだ。

　エレンの独断で俺達を正式な交渉相手として扱った場合、エレンと懐古派の立場が帝国内で一気に悪くなってしまうから、そういうことをするのはあまりうまくないだろうしな。下手をすれば国家反逆罪とかになるんじゃないだろうか。

「うん、ライム達のところに滞在することになると思う。何かしら都合をつけてエレンが留め置く可能性もゼロではないから、確実にとは言えないけど」

『そっかー、たのしみー』

『そ、そうね。まぁ、歓迎してあげるわよ？』

『ベスは素直じゃないのです。私は大歓迎なのですよ』

　こうして話していると、あの下水道生活が思い出されるな。あれはあれでなかなかに快適な生活だった気がする。下水道を散歩して、限られた資材で色々作って、戦闘訓練としてライム達にしばき倒されて……しばき倒されたのはあまり良い思い出じゃないな。

『コースケがこっちに来たらどれくらい強くなったか見てあげるー？』

「いいえ、私は遠慮しておきます。俺は直接戦う役割の人じゃないからな？」

『でも何かあった時のために強くなっておくのは良いことなのですよ？』

「理屈はわかるけどな」

『じゃあコースケが一本取られるたびに一回絞るー？』

「何をだよ！　しばき倒されるより怖いわ！」

君達三人は冗談でも何でもなく、ハーピィさん達全員を合わせたよりヤバいからな！　干からびて死ぬわ！

「と、とにかく近日中にそっちに行くことになると思うから、その時は頼むぞ？」

『おまかせー？』

『任せておきなさい』

『おみやげ期待してるのですよ』

ポイゾめ、ちゃっかりしてるな。でも君達、物欲的なものめっちゃ薄いよね？　何を持っていけば良いんだ……？　まぁ適当に色々食材を持っていくか。ライム達は食い気が強いし。

「わかった。何か用意していく。それじゃあ、またな？」

『はーい』

『待ってるわよ』

『またなのです』

ライム達の返事を聞いてから、今度こそゴーレム通信機を操作して通信を切断する。俺は一つ溜息を吐いてから通信室の分厚い扉を開いて外に出た。通信室に詰めていた人々に軽く挨拶をして会議室に戻ると、そこではシルフィやアイラ、ピルナにメルティにダナン、それにザミル女史も同席して何やら話し合いをしていた。

皆が囲んでいるテーブルの上にメリナード王国の地図が広げられている。どうにか俺とグランデを使わずに迅速にメリネスブルグに荷物を届けられないものかと検討していたのだろう。

「進捗どうですか」

「言っていることの意味がわからんが、なんだか不愉快になるのでやめろ」

「はい。それで真面目な話、グランデが頷いてくれるかどうかは別として、少しでも早く届けるなら俺を使う以外の選択肢はないだろ？」

俺の発言に皆は黙ってしまった。恐らく、俺がエレンやライム達と話している間に色々と話し合っていたのだろう。しかし、皆の様子を見る限り、良い案は出なかったようである。

「せめて供を」

ザミル女史がそう申し出たが、その申し出にアイラは首を振った。

「無理。一目でバレる。メルティ姉なら角を落としてフードでも被ればごまかせると思うけど、二度とやらないほうが良い。次も生き残れるとは限らない」

確かにザミル女史はどんな格好をしても亜人だと一目でバレるわな。アイラは顔を見られたらアウト、シルフィは耳を切り落としでもしないとアウト、そもそも解放軍のトップが行くこと自体がナンセンス、メルティは角を落として侵入した実績があるが、角を切り落とすということ自体が命に関わるほど危険なのでリスクが高い。というかそんなのは俺が止める。

メルティにそんな危険なことをさせるくらいなら俺が危険な目に遭ったほうが一万倍マシである。

「俺がグランデに運んでもらって一人で行くのが一番効率的、かつ危険が少ないな」

「それは……だがっ！」

シルフィが声を荒らげる。

「実際のところ、即死でもしない限り俺は大丈夫だ。道具や資材が揃っている状態の俺を拘束しておくことなんてそうそうできないぞ」

ぶっちゃけ、俺にかかればロープや手錠などによる拘束も意味を成さないからな。いつぞやのように速攻で気絶させられて目隠しでもされない限りはどうとでもなる。というか、あの後目隠し対策もなんとかできた。無理やり目を開けて、眼の前の目隠しをインベントリに収納しちまえばよかったんだ。後はもう物理的に目を潰すくらいしか方法は無いだろうな。俺に魔法は効かないし。

「俺を拘束しようとしたら、シルフィとかメルティ、それにダナンやレオナール卿みたいな、俺じゃ到底敵わない戦闘能力を持つ人が常時監視でもしない限り無理だから心配するな。何より、ここが正念場ってやつだろう？」

もしここで懐古派を見捨てたら、後はもう聖王国と血で血を洗う総力戦をやるしかない。双方に大きな被害が出ることだろう。戦争には勝てると思うが、あまり勝ちすぎても色々と面倒なことになりそうだからな……やはり最終的には聖王国とどこかで和平を結ぶ必要があるだろうし、そうなると懐古派という聖王国とアドル教に繋がるパイプは確保したい。やっぱり懐古派を見捨てる手は無いな。

「シルフィ姉、仕方ない。そもそも、止めてもコースケは行くつもり」

「むぅ……」

「仕方ないですねぇ……シルフィ、そういうことなら私達は私達で次善の手を打ちましょう？　とりあえず、本国の軍に動きがあるなら対策をしなきゃいけないわ」

アイラだけでなくメルティにも説得されてしまったシルフィは小さくため息を吐いた。心配してくれるのは嬉しいけどな、今回ばかりは仕方ないと思うぞ。

「物資の調達に武器や矢玉の確保、人員の調整に戦場の策定、偵察、諜報……やることはいくらでもあるか。ダナン」

「ハッ！」

「メルティと協力して募兵《ぼへい》と調練を進めろ。基本戦術は迎撃戦闘になる。クロスボウ兵の育成だけでなく、工兵の育成も進めろ」

「承知いたしました」

強力な投射兵器であるクロスボウと、強力な破壊力を誇る手榴弾の配備、そして航空爆撃を行うハーピィの存在によって、解放軍側の戦術は急激な進化を遂げている。

俺がザクッと聞いた話によると、陣地防御で敵の突進を受け止めつつ強力なクロスボウやゴーレム式バリスタで敵戦力を叩き、敵戦力が密集した場所にはハーピィによる航空爆撃を浴びせ、敵の魔道士部隊による陣地破壊に対してはボルトアクションライフルや魔銃による狙撃で対処する、といった感じだ。

まぁ、剣などの近接武器を使用した白兵戦が全く発生しないということも無いだろうから、クロスボウ兵にも一定の近接戦闘能力は持たせるつもりではあるらしい。理想は陣地にとりつかれる前に撃滅することだが、世の中そう簡単にはいかないだろうしな。

本当は陣地の前に地雷原でも作ってやれば良いと思うのだが……対人地雷、作った分が使われずに丸々俺のインベントリに残ってるんだよな。どこかで使わないとなぁ。

え？　非人道兵器？　この世界には対人地雷の使用や生産、保有を禁止する条約なんて無いから知ったことじゃないな！

「早ければ明日にでも飛んでもらう。コースケ、グランデに話を通しておいてくれ」

「了解。早速行ってくる」

シルフィにそう言われ、俺は俺でグランデに飛んでもらえるよう交渉をしにいくことにした。このところグランデに頼りっぱなしだからな……そろそろ埋め合わせをしなきゃいけないだろう。一体何を要求されることやら。

何を要求されるにしても真摯に応えなきゃならないな。グランデを良いように使っているのだから、その対価はきっちりと払わないといけない。

何にせよグランデを見つけないとどうにもならないな。領主館のリビングでクッションに埋もれているか、それとも久々にこっちに戻ってきたから外の自分の寝床か……頑張って探すとしよう。

エピローグ～こちら側でも急展開～

「お、コースケどうしたのじゃ？」

領主館のリビングや寝室にはいなかったので、アーリヒブルグの城壁の外にあるグランデの寝床まで探しに来た。来たのだが……。

「これは何事だ？」

「？」

俺の質問の意味がわからないのか、グランデが首を傾げる。いや、これはどう見ても異常事態だろう？

「どうしたのですか？　乗り手様」

「何か問題がありましたでしょうか？」

「いや、君達がね？」

状況を一言で説明すると……グランデがリザードマン系の人々に滅茶苦茶お世話されていた。何を言っているかわからないと思うが、俺も理解が追いついていない。甲斐甲斐しくお世話をされるその様は、まるで王侯貴族か信仰対象か何かのようである。

「私達に問題が……!?」

「それはいけません！　一体どのように改善すればよいのでしょうか⁉」

「まってまってまって、理解が追いつかないから！　そもそも何で君達はグランデをお世話しているんだ！　俺に一から説明してくれ！」

詰め寄ってくる信仰者（？）達を押し留めて事情の説明を求めると、彼らはそれはもう熱心に自分達がどういう立場の者であるか、そして一体何をしているのかということを語ってくれた。

「つまり、ドラゴン信仰者ってことか？」

「はい！　我々のような一般的にリザードマンと呼ばれる者達の殆どはドラゴン様を信仰の対象としているのです！　ドラゴン様に敬意を払わぬ者などおりませんとも！」

力説するリザードマン……女性だからリザードウーマン？　いやもうリザードマンの女性でいいや。彼女の言葉に、グランデの世話をしていたリザードマン達が次々に同意の言葉を口にする。

「そして、ドラゴン様が乗り手と認めたお方も同様に敬意を払う対象となります」

「誇り高きドラゴン様がその背に乗せることを認めたお方となれば当然のことです。グランデ様の話では、シルフィエル姫殿下にも背をお許しになったとか」

「流石はシルフィエル姫殿下です……乗り手を伴侶とし、自らもドラゴン様に背に乗ることを許されるとは。我々の指導者に相応しいお方です」

リザードマン達がそう言って満足そうに頷いたり、目をキラキラさせたりしている。

そう言えば、今思えばザミル女史もグランデの名前を呼ぶ時に『様』をつけていた気がするし、グランデに対する態度もシルフィに接するのと同じくらいに丁寧だったように思えるな。いつも礼儀正しいザミル女史だからあまり気にしていなかったのだが、そういうことだったのか。

「で、グランデは悠々自適のドラゴン様生活を満喫していると」

「お世話されるのは嫌いじゃないのじゃ」

ドラゴン信仰者に皮を剥いてもらった果物を口に運びながらグランデがニコニコしている。これを信仰対象に、ねぇ。メルティにボコられて涙目になって俺達に同行しただけなんだけどな、元を正せば。

「とりあえず、事情はわかった。ちょっとグランデと二人きりで話をさせてくれないか？　俺達だけで話し合いたいことがあるんだ」

「承知いたしました。私どもはあちらの小屋に控えておりますので、お話が終わりましたら是非お声がけください。乗り手様は私どもの信仰についてあまりご存じでは無い様子なので、軽く、もう少しだけ事情を説明させていただきたいと思いますので」

「お、おう」

正直あまり聞きたくない。面倒そうだから。でも、俺も既に彼らの信仰に組み込まれている気配がするから、聞いておかないと後で大変なことになりそうな気がする。仕方がないから後でちゃんと話を聞くことにしよう。

リザードマン達が去っていくのを見送ってからグランデに顔を向ける。

「本当に心の底から申し訳ないんだが、また頼みたい」

「む？　また飛ぶのか？　妾は構わんぞ。他ならぬコースケの頼みならなんでも聞いてやろう」

「心苦しい……代わりと言っちゃなんだが、俺も今度グランデの頼みを聞いてやるからな」

「うむ、良かろう。妾はコースケの頼みを聞く、コースケは妾の頼みを聞く、対等な取引じゃな」

グランデがリザードマン達に用意された物らしき妙に豪華な長椅子に寝そべったまま、にんまりと嬉しそうな笑みを浮かべる。

「とはいえ、妾とコースケは番いでもあるじゃろう？　そこまで堅苦しく考える必要は無いのではないかと妾は思うがの。妻が夫に力を貸すのにいちいち対価を要求するのは少し違うと妾は思うぞ？」

「それはそうかもしれないが、感謝の気持ちとかそういうのを忘れて、やってもらって当然と思うのはまた違うだろう？　そういう関係だからこそ、互いを尊重しあわないとな」

俺がそう言うと、グランデは嬉しそうに頷いた。

「うむうむ、コースケは良い伴侶じゃな。それで、頼みとはなんじゃ？」

「ソレル山地の向こうにあるメリネスブルグまで俺を送って欲しいんだ。俺は数日向こうに滞在して色々と用事を済ませる予定だな」

「うむ？　それは構わんが、あちらはコースケにとって敵地なのではなかったか？」

グランデがこてんと首を傾げる。うん可愛い。って、そうではないな。俺はグランデに軽く事情を説明した。

「つまり、あちらに内通者というか協力者が居て、その協力者に共通の敵を追い詰めるための品を届けに行くと」

「そういうことだ。で、向こうは基本的に亜人がホイホイ出歩いていると目立つ場所だから、人間が行かなきゃならない。そして俺は向こうの協力者と直接面識があるし、目的のものを渡せる確実性から考えても、何かあった時の対応力を考えても、俺が行くのがベストってことだな」

「なるほどのう……あいわかった。ソレル山地の向こうにコースケを連れて行く事自体は妾に任せるが良いぞ。その人族の大きな街も山の上から目にしたことがある。二刻もあれば着くじゃろう」

「二刻ね。それじゃあ昼過ぎに出ても日が落ちる頃には向こうに着けそうだな」

「そうじゃな。もう少し早く出たほうが良いと思うが？」

「そうだな……別に向こうに通達してから出発する必要もないか。昼前、もしかしたら朝から飛んでもらうかもしれん」

「ふむ。まぁ今晩にでも館で話し合えばよいじゃろう」

「そうだな。それじゃあ世話になるよ、グランデ」

「うむ、任せるが良い。コースケを背に乗せて飛ぶのは嫌いじゃないしの」

ニマニマと笑みを浮かべるグランデの頭をグリグリと撫でておく。気持ちよさそうに目を細める様はまるで猫か何かのようである。やはりグランデはペット枠。

暫く愛《め》でているとグランデは気持ちよさそうに眠ったので、俺は彼女をその場に置いたままドラゴン信仰者達の小屋へと向かった。

「ようこそいらっしゃいました」

小屋は意外と立派な作りであった。なかなかに広々としており、奥にはグランデの落とし物と思われる鱗やその欠片が祀《まつ》られた祭壇がある。それ以外は部屋の隅に簡素なかまどがあるくらいで、ちょっとした集会所みたいな感じだな。間違っても礼拝堂とかって感じではない。

「お待ちしておりました。どうぞこちらにお掛けください」

リザードマン達が俺に恭《うやうや》しく頭を下げ、一際《ひときわ》良い椅子を勧めてくる。俺は勧められるままに椅子に座った。

「申し訳ないが、手短に頼む。俺もやらなきゃならないことが多くてな」

「勿論です。竜の乗り手にして伴侶でもあるコースケ様が多忙であることは私どもも承知しておりますから」

彼らのリーダーであるらしいシャーマンめいた格好をしているリザードマンが、俺の言葉に素直に頷いた。なんというかジャラジャラと首飾りや羽飾りをつけていて、いかにもって雰囲気だな。

「我々リザードマンには古くからドラゴンに対する信仰が根付いております。元を正せば強き者への畏怖《いふ》と畏敬《いけい》の念が信仰へと変じたものですな。ドラゴンは強く、賢く、時と場合によっては我々に牙を剥き、逆に力を貸してくれたりします。そして、極稀《ごくまれ》に人を背に乗せ、番いになることもあるという話です。伝説やお伽噺《とぎばなし》レベルの話ですが」

「伝説やお伽噺ね……確かにグランドドラゴンの長老もうろ覚えみたいな感じだったな」

「グランドドラゴンの長老……ですと⁉　もしや貴方様はドラゴンの聖地に……？」

「聖地かどうかは知らんけど、黒き森の奥地にあるグランドドラゴンの巣には行ってきたな。グランデの両親とか親戚に挨拶とかしてきたぞ」

「おお……なんということでしょう。やはり貴方様は伝説の再来……」

眼の前のリザードシャーマンを始めとしたドラゴン信仰者達が俺に手を合わせて拝み始める。やめないか。

「実は、私は西方のドラゴニス山岳王国の者なのです。メリナード王国に人と共に生きるドラゴンが現れたという噂を聞き、その調査のためにドラゴニス教団より派遣されて参りました」

「ドラゴニス山岳王国……」

「はい。ドラゴンを信仰し、ドラゴンと共に生きる者達が住む王国です。王族には正真正銘のドラゴンの血が流れております」

「もしかして長老の言っていた、人間の娘に恋したドラゴンの子孫か……？」

「そう伝承にはあります。グランドドラゴンの長老も知っているということは、やはり事実なのでしょうな」

リザードシャーマンが顎を撫でながらウンウンと頷く。聞くところによると、王族にはドラゴンの角や翼、牙に爪などの特徴が現れる事が多いらしい。それこそ人化している今のグランデのように。

「我がドラゴニス山岳王国は飛竜兵や竜騎兵を多く擁し、国土は小さいながらもその戦力は大国にも匹敵すると言われております。人間至上主義を掲げる聖王国も我々を軽々《けいけい》とは扱えず、一目置いているほどです」

「そうなのか」

「はい。そして、ドラゴン様とその乗り手……いえ、伴侶が所属するこの解放軍に、我が国はきっと支援を惜しまないでしょう」

「そうなのか？」

「我々にしてみれば人化し、ヒトと共に在るドラゴンは信仰対象そのもの。そしてその伴侶にして聖地にまで足を踏み入れて戻ってきた貴方様は聖人です。そのような方々が所属する解放軍を支持しないのは信仰に反します」

それに、人間至上主義を掲げる聖王国は我らにとっても好ましい相手ではありませんしな、とリザードシャーマンは首を振った。

「既に本国には急使を送っております。そう遠くないうちに我が国から正式な接触があることでしょう」

「お、おう」

こんなことで他国の後ろ盾が手に入って良いものなのか……？　いや、宗教絡みだからなぁ……このリザードシャーマンも熱心な信者のようだし、こんな感じの人ばかりなのだとしたら有り得る話だろうか？

「この話について俺から解放軍の上層部に話を通しておく。解放軍からの接触も近いうちにあると思うから、そのつもりで居てくれ」

「承知いたしました。どうでしょうか？　宜《よろ》しければ我々の教義などをもう少し聞いていかれませんか？」

「すまん、詳しくは話せないが本当に忙しいんだ。落ち着いたら必ず話を聞きに来るから、今日のところは御暇《おいとま》させてもらうよ」

「そうですか。残念ですが、それでは仕方がありませんな。是非、いつでもお越しください」

「ああ、約束する」

ことは俺とグランデだけでなく解放軍全体にも関わりかねない話だ。彼らには口先だけでなく、ある程度真面目に接したほうが良いだろう。

「それじゃあ、また今度な」

「はい。再び見《まみ》えましょう」

リザードシャーマンが指で複雑な印《いん》を結んで頭を下げ、信仰者達もそれに倣《なら》って頭を下げる。ううむ、ここに来てグランデ経由で第三国《だいさんごく》が絡んでくるのか……今後に一体どういった影響を与えるものやら。

あとがき

ご主人様とゆく異世界サバイバル！　の五巻をお手に取っていただきありがとうございます！
皆様如何お過ごしでしょうか？　現在私の住んでいる場所は冬真っ只中。滅茶苦茶寒いです。当然のように気温が氷点下ですよ、氷点下。なまらさむい。

さぁ、今回も作中ではあまり語られない裏設定を公開していきましょう。今回は魔神種についてですね。

魔神種は一般的に亜人と呼ばれる種族の中で突然変異的に現れる特殊個体です。魔神種として生まれついた個体は通常よりも遥かに強靭な肉体と、圧倒的な魔力的素養を兼ね備えており、更にエルフや単眼族などの長命種と同じかそれ以上の長い寿命を得ます。

その発生原因については不明ですが、概ね時代の変わり目、それも亜人種に苦難の時代が訪れる時に発生することが多いようです。

また、人間にも勇者と呼ばれる特殊な個体が現れることがあり、魔神種と同じく強靭な肉体と莫大な魔力をその身に宿して生まれてきます。こちらは魔神種とは逆に人間に苦難の時代が訪れた時に生まれてくる事が多いので、研究者の間では魔神種と勇者は根を同じくしている存在であると提唱している者もいます。

遥か昔には魔神種がその力を大いに振るい、亜人種の勢力を大きく押し広げて人間を滅ぼしかけたこともあり、その中心となった魔神種は魔王と呼ばれていました。

最終的には人間から同等の存在である勇者がカウンターとして発生する事になり、魔王は勇者によって倒されることになりました。

その後、長い時を経て現在に至り、人間と亜人は『人族』という一つの種族だと意識を持つようになり、当時と比べればごく親しい存在として共存しています。もっとも、アドル教の台頭によってその共存関係も大きく脅かされているわけですが。

そんな時代に魔神種であるメルティが誕生したのはある意味必然なのかもしれません。問題は、その判断を行っているのは何者なのか、という点ですが。

という感じで謎を残したまま魔神種の解説を終わります。次は今回のメインでもある鬼人族について——あー！　もうページがないなー！　これじゃ書けないなー！　次のあとがきに書くしかないなー！


というわけで、今回はこの辺りで失礼させていただきます。

GCノベルズのIさん、イラストを担当してくださったヤッペンさん、そして本巻の発行に関わってくださった皆様、そして何より本巻を手に取ってくださった読者の皆様に厚く御礼申し上げます。

また、次巻でお会い致しましょう！

GC NOVELS

ご主人様とゆく異世界サバイバル!⑤

2021年2月6日　初版発行

著者　リュート
イラスト　ヤッペン

発行人　子安喜美子
編集　岩永翔太
装丁　AFTERGLOW
印刷所　株式会社平河工業社
発行　株式会社マイクロマガジン社

URL:https://micromagazine.co.jp/

〒104-0041
東京都中央区新富1-3-7　ヨドコウビル
TEL 03-3206-1641 FAX 03-3551-1208(販売部)
TEL 03-3551-9563 FAX 03-3297-0180(編集部)

ISBN978-4-86716-108-1　C0093

本書は小説投稿サイト「小説家になろう」(https://syosetu.com/)に掲載されていたものを、加筆の上書籍化したものです。

ファンレター、作品のご感想をお待ちしています!

宛先　〒104-0041　東京都中央区新富1-3-7　ヨドコウビル
株式会社マイクロマガジン社　GCノベルズ編集部
「リュート先生」係　「ヤッペン先生」係

アンケートのお願い

二次元コードまたはURL(https://micromagazine.co.jp/me/)ご利用の上
本書に関するアンケートにご協力ください。

■ご協力いただいた方全員に、書き下ろし特典をプレゼント!
■スマートフォンにも対応しています(一部対応していない機種もあります)
■サイトへのアクセス、登録・メール送信時の際にかかる通信費はご負担ください。

Comic Ride NEW RELEASE
ご主人様とゆく異世界サバイバル！ THE COMIC 1
SASAYUKi
[原作]リュート
[キャラクター原案]ヤッペン
シルフィの…こんな顔や
あんな顔も…
コミカライズなら見れる!!
コミックス
第1巻 好評発売中!!
定価:630円+税／B6版／ISBN9784867160619

第5巻発売だ！
おめでとうございます！
って祝いの席で何寝ているんだ
ガス
うげ…
それはですね――
精も根も尽きたようで…
ガシャコン
むぅ それは仕方ないか
あらためて
小説第5巻発売おめでとうございます
コミカライズも連載中なのでよろしくお願いします
漫画：SASAYUKi
ちゃんちゃん♪